A Fazenda dos Bichos

GEORGE ORWELL

A Fazenda dos Bichos

TRADUÇÃO
LEONARDO CASTILHONE

MARTIN CLARET

FAZENDA DOS BICHOS: UM CLÁSSICO CONTEMPORÂNEO

LENITA MARIA RIMOLI PISETTA[*]

A poucos dias da entrada de *Animal Farm: a Fairy-Tale* em domínio público, observa-se grande movimentação no meio literário e cultural do Brasil e de outros países do mundo. Isso facilmente se explica pelo fato de que a obra poderá ser tratada de modo diferente, sem as exigências e amarras dos direitos de autor. Mas essa não é toda a explicação. Afinal, tantas obras e autores entram em domínio público a cada ano, e nem todos eles merecem o destaque que *Animal Farm* está recebendo.

Uma das razões que têm sido mais apontadas para esse renovado interesse na obra de George Orwell é a atualidade de seus livros em termos de relações políticas e sociais. Na época atual, observamos em vários pontos do mundo uma exacerbação de iniciativas e

---

[*] Professora e pesquisadora na área de tradução, vinculada ao Departamento de Letras Modernas da FFLCH-USP. É também tradutora profissional, trabalhando junto a editoras há mais de vinte anos.

lideranças que tendem para o totalitarismo. Além disso, mais que nunca, estamos sendo assolados por informações e notícias criadas para nos confundir e nos desviar das poucas certezas que ainda temos.

Dado o alcance conferido pela Internet (que Orwell não previu, pelo menos não em termos exatos), mais que nunca a manipulação das informações confunde os caminhos das pessoas comuns, deixando-as perplexas e levando-as a tomar atitudes que podem lhes ser prejudiciais. Justamente no momento atual, em que precisamos tanto da ciência, estamos afogados em promessas de curas com base na afirmação de uma autoridade científica que não conhecemos direito, mas que muitas vezes somos levados a não questionar. Nem seria preciso dizer que muitas vezes essa manipulação e essa criação de informações falsas têm um objetivo explicitamente político.

De modo muito semelhante, o leitor deste *A Fazenda dos Bichos* pode observar a estratégia de Squealer para convencer os outros animais de que era certo que os porcos recebessem para si próprios a produção excedente de leite e as maçãs que haviam sido derrubadas no chão pelo vento:

— Camaradas! — gritou ele. — Espero que não pensem que nós, porcos, estejamos fazendo isso com um espírito de egoísmo e privilégio, certo? Na verdade, muitos de nós nem sequer gostamos de leite e maçãs. Eu mesmo não gosto de nenhum dos dois. Nosso único objetivo com isso foi preservar nossa saúde. Leite e maçãs (isso foi comprovado pela ciência, camaradas) contêm substâncias absolutamente necessárias para o bem-estar de um porco. Nós porcos trabalhamos com nosso cérebro. Todo o gerenciamento e organização desta fazenda depende de nós. Dia e noite estamos preocupados com a prosperidade de vocês. É para o bem de vocês que bebemos aquele leite e comemos aquelas maçãs. Sabem o que aconteceria se nós porcos fracassássemos em nossas tarefas? Jones voltaria para cá! Sim, Jones voltaria! Sem dúvidas, camaradas — gritou Squealer, quase em tom de súplica, pulando de um lado para o outro e sacudindo a cauda —, estou certo de que nenhum de vocês iria querer ver Jones de volta, não é mesmo?

O leitor pode observar aí a astuta estratégia de Squealer, argumentando com base em uma obscura ciência, ao mesmo tempo em que explicita a dependência dos outros bichos em relação aos porcos, não sem deixar de despertar neles o medo de que algo pior possa acontecer se esses privilégios não forem garantidos aos porcos: Jones, o ex-dono da propriedade, pode voltar se os porcos não forem alimentados com maçãs e leite para permanecerem sempre no máximo de sua inteligência e esperteza, para assim guiarem os outros bichos, menos favorecidos, por caminhos seguros. Diante da lembrança da ameaça representada por Jones, que poderia restituir tudo para a situação anterior à Rebelião, os crédulos animais têm suas suspeitas desviadas, ao mesmo tempo em que é inculcada neles uma convicção sobre a excelência dos porcos e a necessidade deles em suas vidas.

Orwell foi um escritor que tinha o pensamento focado na exploração do homem pelo homem. Em seus textos se pode observar sua preocupação em escrever tendo uma perspectiva político-social. Sobre seu terceiro romance, *Keep the Aspidistra Flying* (há várias traduções para o português com diversos títulos, um dos quais é *A Flor da Inglaterra*), ele fez o comentário de que seus esforços literários desprovidos de um propósito político resultavam, invariavelmente, em obras sem vida.[1] Essa obra, embora não mostre uma "luta de classes", como acontece com *A Fazenda dos Bichos*, denuncia a desigualdade social da Inglaterra, que tanto incomodava o autor. Aliás, logo depois da publicação desse terceiro romance, Orwell foi convidado por seu editor a escrever sobre o desemprego e as condições de vida no norte da Inglaterra. Ele passou então o inverno de 1936 em distritos industriais, onde viu de perto as condições precárias em que viviam seus habitantes.

Essa experiência o teria atraído para o Socialismo Democrático, segundo Harold Bloom. Nesse mesmo ano de 1936, com a deflagração da Guerra Civil Espanhola, Orwell foi para a Espanha com sua mulher Eileen, para apoiarem a luta antifascista. Ao chegar a Barcelona, Orwell se apresentou na sede do Partido Operário de Unificação Marxista (POUM). Na Guerra Civil Espanhola, as alas de esquerda foram apoiadas pelo governo soviético, e Orwell se

---

[1] As informações constantes neste prefácio se baseiam em leituras das obras *George Orwell's "Animal Farm"* e *Bloom's Guides: George Orwell's "Animal Farm"*, ambas organizadas por Harold Bloom; na biografia *George Orwell, a Literary Life*, de Peter Davison e também em *George Orwell: The Age's Adversary*, de Patrick Reilly.

surpreendeu ao constatar que o "Grande Expurgo" de Stálin havia atingido a Europa Ocidental, e o POUM estava sendo investigado e perseguido por agentes comunistas espanhóis. Orwell e Eileen tiveram seus objetos pessoais revistados e acabaram sendo forçados a fugir. Em "Why I Write", [Por que escrevo], Orwell faz um depoimento sobre o profundo impacto que essa experiência lhe causou:

> Cada linha do que escrevi desde 1936 foi escrita, direta ou indiretamente, contra o totalitarismo e pelo Socialismo democrático... O que eu mais quis fazer, nos últimos dez anos, foi transformar a escrita política em uma arte. Meu ponto de partida é sempre um sentimento de sectarismo, um senso de injustiça.

Ao retornar para a Inglaterra no início da Segunda Guerra Mundial, Orwell se indignou com a complacência e com o silêncio da imprensa inglesa diante das atrocidades cometidas por Stálin. Podemos localizar aqui a principal motivação para *A Fazenda dos Bichos*: denunciar a degradação de uma iniciativa que ele via como progressista e comprometida com o bem-estar dos mais humildes (a Revolução Russa de 1917) num regime totalitarista e sanguinário, que prendeu um milhão e assassinou cerca de 700 mil pessoas entre 1934 e 1939. Esse silêncio, no entanto, se explica (embora para Orwell não se justificasse) pelo fato de o Reino Unido e a Rússia serem aliados na Segunda Guerra.

Animal Farm, após muitas recusas por parte de editores, acabou sendo publicado na Inglaterra pela

Secker and Warburg em 1945, sendo muito bem-recebido. Em 1946, o livro foi publicado nos Estados Unidos e escolhido como indicação do *Book-of-the-Month Club*, tendo vendido mais de 600 mil exemplares só naquele país.

O subtítulo do livro, *Um Conto de Fadas*, é um dos índices da ácida ironia dos escritos de Orwell. A edição estadunidense resolveu eliminar esse subtítulo, que recebeu tratamentos diversos em outras edições e traduções. A ironia reside, justamente, em Orwell chamar de "conto de fadas" um texto que mais se aproxima de uma fábula amarga e pessimista em que os animais são humanizados e falam, e que apresenta uma lição, a "moral da história", que é clara e não dá margens para interpretações muito divergentes.

Mas nem todo entendimento é tão garantido assim: no Brasil, a primeira tradução de *Animal Farm* usou de certos recursos para transformar uma denúncia dos horrores do stalinismo em uma denúncia de qualquer revolução de esquerda. Como comenta a professora Dirce Waltrick do Amarante em entrevista concedida ao jornal *Folha de São Paulo*,[2] a primeira tradução brasileira de *Animal Farm* recebeu o título de *A Revolução dos Bichos: Um Conto de Fadas*. Se alguém ficar em dúvida sobre o termo "revolução" ser ou não estratégico, basta sabermos que o ano da publicação foi 1964 e que o tradutor era militar, o tenente Heitor Aquino Ferreira, secretário do general Golbery do Couto e Silva. Convém ainda indicar que, no texto original de Orwell, a palavra

---

[2] www1.folha.uol.com.br/ilustrissima/2020/12/novo-titulo-de-a-revolucao-dos-bichos-e-pulo-do-gato-afirma-tradutora.

empregada é "rebelião" [*rebellion*] e não exatamente "revolução". Em seu inflamado discurso no início da história, Major, o mentor intelectual do movimento diz: "Essa é a mensagem que tenho para vocês, camaradas: Rebelião!".

Talvez um mero título não seja suficiente para desviar a interpretação pretendida por Orwell. Várias vezes ele afirmou que não era contra todo e qualquer socialismo, mas sim contra a mudança de rumos da Revolução Russa promovida por Stálin. No entanto, à medida que o tempo vai passando, gerações mais novas de leitores talvez não tenham muito claro em sua leitura quais são os personagens reais que podem ser identificados com os da fábula. Para essas pessoas, seguem sugestões de identificação:

Os porcos, que podem ler e escrever e desenvolver projetos como o do moinho, são os intelectuais bolcheviques. Napoleão é Stálin e os porcos ao seu redor formam uma versão literária do *Politburo*, o comitê central do Partido Comunista. Bola de Neve é Trótski, que após a morte de Lênin em 1924 acaba sendo rivalizado por Stálin, expulso do partido e obrigado a se exilar no México — onde foi acolhido pelos pintores Diego Rivera e Frida Kahlo — e depois assassinado por um agente da polícia de Stálin. Major, que chamamos aqui de mentor intelectual da rebelião dos animais, é geralmente identificado com Karl Marx, ou ainda com uma mescla de Marx, que fez a grande contribuição teórica para o movimento, e Lênin, seu verdadeiro líder. Squealer, o porco-relações-públicas, o elo entre o poder e o povo, que explica os fatos e os formata segundo a conveniência do partido, representa o

Pravda, o principal jornal da União Soviética e órgão do Comitê Central do Partido entre 1918 e 1991. É uma espécie de Ministro da Propaganda.

Além disso, vários animais são "tipos": Boxer, o cavalo, representa o trabalhador decente e útil, que labuta sempre mais e é animado pelo entusiasmo do ideal igualitário, mostrando-se disposto a dar sua vida pela causa. Clover, a égua, é a figura da mãe proletária. Molly, a égua branca, é o estereótipo contrário, a mulher vaidosa e frívola que não apoia a rebelião e se rende aos encantos do capital, no caso dela fitas com as quais se enfeita. Os cães criados por Napoleão representam a polícia secreta que protege Stálin em sua posição de poder, e as ovelhas são o público ignorante que repete o que ouve sem muito questionamento. O corvo Moses representa a igreja, que se faz presente ou ausente ao sabor de seus próprios interesses. Finalmente, o burro Benjamin representa o descrente homem do povo, infenso à rebelião e cético em relação aos resultados prometidos.

Temos também na obra alguns símbolos que satirizam os ícones marcantes e tão conhecidos da Revolução Russa e do Comunismo. Em primeiro lugar, temos o fato de o Major, em seu discurso inicial em que alerta os animais sobre seu estado de servidão, usar o termo "camarada", uma forma de sinalizar que todos são iguais, independentemente de sua posição social — o partido e o comunismo igualam a todos e os colocam no mesmo nível. A bandeira, que no início era hasteada todas as manhãs de domingo, trazia as imagens de um casco e um chifre, numa paródia da bandeira comunista, com o martelo e a foice cruzados, representando, respectivamente, os trabalhadores industriais e os trabalhadores do campo.

O esforço de Bola de Neve em organizar os animais em comitês para incentivá-los a aquiescer com o novo sistema nem sempre obtém sucesso. Isso significa que existe um limite para a tentativa de mudar a própria natureza de cada um.

Bola de Neve também se ocupava de organizar os outros animais no que ele chamava de Comitês Animais — tarefa a que se dedicava de forma incansável. Ele formou o Comitê de Produção de Ovos para as galinhas, a Liga das Caudas Limpas para as vacas, o Comitê de Reeducação dos Camaradas Selvagens e Rebeldes (cujo objetivo era amansar e controlar os ratos e coelhos), o Movimento da Lã Mais Branca para as ovelhas, e muitos outros, além de instituir aulas de leitura e escrita. Em geral, esses projetos não tiveram futuro. A tentativa de controlar os animais selvagens, por exemplo, foi um fracasso quase instantâneo, pois eles continuaram se comportando do mesmo jeito e, quando tratados com generosidade, simplesmente tiravam vantagem da situação. A gata foi participar do Comitê de Reeducação e, durante alguns dias, foi bastante ativa. Certo dia, ela foi vista sentada num telhado conversando com alguns pardais que estavam longe do seu alcance. Ela lhes disse que, agora, todos os animais eram camaradas, e que qualquer pardal poderia empoleirar-se na sua pata, se assim quisesse; mas os pardais se mantiveram distantes.

Quanto ao Hino exortatório "Bestas da Inglaterra", provavelmente a primeira identificação dele seja com

a "Internacional Comunista", mas talvez pudéssemos também pensar em "Men of England", do poeta romântico inglês Percy Bysshe Shelley. "Bestas da Inglaterra" é mais ameno, uma promessa de que dias melhores virão, "*Do futuro brilhante que nos aguarda./ Cedo ou tarde, o dia virá*". É como se as coisas quase fossem acontecer naturalmente, sem a intervenção ativa dos animais: *Nossos narizes não mais terão argolas,/ Nem arreios em nossas costas,/Freios e esporas serão corroídos pela ferrugem,/Cruéis chicotadas deixarão de estalar.*
O único trecho do hino que convoca os animais à luta é o seguinte:

> *Águas serão mais puras,*
> *Brisas ainda mais suaves soprarão*
> *No dia em que seremos livres.*
>
> *Por esse dia, devemos batalhar,*
> *Mesmo que morramos antes do seu raiar;*
> *Vacas e cavalos, gansos e perus,*
> *Todos devemos nos esforçar pela nossa liberdade.*

A mensagem da Internacional Comunista é bem mais exortativa, o que fica evidente nos dois primeiros versos da tradução para o português, de Neno Vasco: "*De pé! Ó vítimas da fome/De pé! famélicos da terra*".[3] Já o poema de Shelley, aqui em tradução de Célia Henriques e Eduarda Dionísio,[4] tem um tom de

---

[3] https://www.letras.mus.br/hinos/588176/
[4] http://coletivosaberepoesia.blogspot.com/2012/07/cancao-para-
-os-homens-da-inglaterra.html

despertar racional, com uma intenção de fazer os explorados enxergarem sua própria condição: *"Por que tecer com esforço e cuidado/As ricas roupas que vestem os vossos tiranos?"*. A estrofe mais exortativa convida os trabalhadores à ação, mas a uma ação defensiva:

> *Semeai grão, — mas não deixeis que nenhum tirano o colha;*
> *Encontrai riqueza, — não deixeis nenhum impostor acumulá-la;*
> *Tecei roupas, — não deixeis nenhum ocioso usá-las;*
> *Forjai armas, — a usar em vossa defesa.*

A estrofe final, no entanto, tem um tom derrotista irônico, que pode também funcionar como um apelo exaltado e extremo, quase uma ameaça:

> *Com o arado e a pá, e a enxada e o tear,*
> *Cavai a vossa sepultura e construí o vosso túmulo,*
> *E tecei a vossa mortalha, até que a bela Inglaterra seja o vosso sepulcro.*

Talvez Orwell tenha feito uma mescla entre a retórica de uma e de outra composição, para chegar à sua fórmula, que é menos violenta que as duas outras. Essa estratégia é condizente com a subtração da violência em toda a fábula. Os atos violentos (execuções, suicídios forçados, etc.) são mencionados, mas não descritos em sua crueza. Para um dos especialistas em Orwell, Patrick Reilley, o método de supressão aqui é o da transformação da realidade: a existência se torna suportável como um fenômeno estético, permitindo o distanciamento do leitor, o que por sua vez proporciona uma análise racional.

Alguns críticos identificam cada evento narrado em *A Fazenda dos Bichos* com um acontecimento específico do desenrolar da Revolução Comunista. Os proprietários vizinhos da Fazenda Solar são os países europeus vizinhos da Inglaterra; um deles é Adolf Hitler, e assim por diante. Obviamente não é necessário se estender nessas identificações para fruir a obra de Orwell em sua simplicidade e concisão. Por outro lado, é interessante saber até que ponto ela alude a acontecimentos não tão afastados de nosso presente. Orwell continua atual porque nossas mazelas políticas também persistem, podendo ser considerado "profético" em relação a alguns aspectos e situações que desenhou sobre algum futuro possível. A "previsão" mais intrigante foi a do controle dos cidadãos pelos meios de transmissão e comunicação, fato que pode ser resumido na frase: "Sorria, você está sendo filmado". Mas isso é alimento para outro prefácio...

REFERÊNCIAS:

A INTERNACIONAL. *Wikipedia*. Disponível em: https://pt.wikipedia.org/wiki/A_Internacional#No_Brasil. Acesso em 6 de janeiro de 2021.

BLOOM, Harold (ed.) *Bloom's Guides: George Orwell's "Animal Farm"*. New York: Chelsea Publishing House, 2006.

_____ *George Orwell's "Animal Farm"*. New York: Infobase, 2009.

DAVISON, Peter. *George Orwell, a Literary Life*. London: Palgrave Macmillan, 1996.

FOLHA DE SÃO PAULO. "Novo título de 'A revolução dos bichos' é pulo do gato", afirma tradutora. Entrevista com Dirce Waltrick do Amarante para a seção "Ilustríssima Conversa", 19 de dezembro de 2020. Disponível em: https://www1.folha.uol.com.br/ilustrissima/2020/12/novo-titulo-de-a-revolucao-dos-bichos-e-pulo-do-gato-afirma-tradutora.shtml. Acesso em 6 de janeiro de 2021.

REILLY, Patrick. *George Orwell: The Age's Adversary*. London: Macmillan, 1986.

SHELLEY, Percy Bisshe. *Canção para os Homens da Inglaterra*. Tradução de Célia Henriques e Eduarda Dionísio. Blogue *Coletivo Saber e Poesia*, 9 de julho de 2012. Disponível em: http://coletivosaberepoesia.blogspot.com/2012/07/cancao-para-os-homens-da-inglaterra.html. Acesso em 6 de janeiro de 2021.

VASCO, Neno (Tradutor). *A Internacional*. Disponível em: https://www.letras.mus.br/hinos/588176/. Acesso em 6 de janeiro de 2021.

UMA METÁFORA QUE SE TORNOU REALIDADE, OU O QUE GEORGE ORWELL QUIS DIZER COM *A FAZENDA DOS BICHOS*

OLEG ALMEIDA*

Muito se tem falado e escrito sobre *A fazenda dos bichos*. Tantos artigos acadêmicos, matérias críticas e jornalísticas tiveram por tema esse livro relativamente pequeno, mas crucial para se entender o desdobramento dos processos históricos no século XX, que ele se tornou, logo após a morte de seu criador e sem

---

* Nascido na Bielorrússia em 1971 e radicado no Brasil desde 2005, Oleg Almeida é poeta, ensaísta e tradutor, sócio da União Brasileira de Escritores (UBE/São Paulo). Autor dos livros de poesia *Memórias dum hiperbóreo* (2008, Prêmio Internacional Il Convivio, Itália/2013), *Quarta-feira de Cinzas e outros poemas* (2011, Prêmio Literário Bunkyo, Brasil/2012), *Antologia cosmopolita* (2013) e *Desenhos a lápis* (2018), além de diversas traduções de clássicos das literaturas russa e francesa. Para a Editora Martin Claret, a par de *Crime e castigo*, traduziu *Diário do subsolo*, *O jogador*, *Memórias da Casa dos mortos* e *Humilhados e ofendidos*, de Dostoiévski, *Pequenas tragédias*, de Púchkin, *A morte de Ivan Ilitch e outras histórias*, de Tolstói, e *O esplim de Paris*: pequenos poemas em prosa, de Baudelaire, bem como uma extensa coletânea de contos russos.

sombra de exagero, quase tão clássico quanto os antigos romances de Dickens e Thackeray.[1] Ninguém mais duvida, hoje em dia, de ser uma obra-prima das letras não só inglesas como universais; não há quem procure contestar as opiniões filosóficas e convicções políticas de George Orwell que contou da famigerada revolta dos animais domésticos aludindo à revolução comunista de 1917, ocorrida na Rússia, e à monstruosa ditadura de Stálin na qual ela acabou resultando. Destarte, não vale a pena rememorar o conteúdo desse romance (ele é conhecido) nem esquadrinhar as alegorias nele contidas (elas são evidentes), sendo bem mais interessante comentar, em breves termos, acerca de sua conexão com a realidade, lançar uma ponte capaz de ligar o "conto de fadas" orwelliano, concebido e redigido como tal, aos fatos notórios que lhe deram início, calcular o grau em que as premonições do escritor, socialista nada ortodoxo e humanista até a medula dos ossos, chegaram a confirmar-se no decorrer do tempo.

Poucos sabem disso, mas a ideia de colocar uma horda de bichos amotinados nas páginas de uma antiutopia ficcional não pertence exatamente a Orwell. Foi o historiador russo Nikolai Kostomárov[2] quem a desenvolveu no ensaio *A rebelião animal*, enga-

---

[1] Charles Dickens (1812-1870), autor de *Oliver Twist*, *Nicholas Nickleby* e *David Copperfield*, e William Thackeray (1811-1863), autor de *Feira das vaidades*, os astros literários da era vitoriana, são vistos como "clássicos" pelo leitor inglês.

[2] Nikolai Ivânovitch Kostomárov (1817-1885): cientista e professor universitário, autor da *História russa em biografias de seus principais expoentes* e outros escritos de temática nacional.

vetado na época dos czares e publicado apenas no período soviético; tampouco se esqueceu Orwell dos animais dotados de razão que atuavam n'*As viagens de Gulliver*, de seu conterrâneo Jonathan Swift, nem da fauna antropomorfa descrita pelos fabulistas do mundo inteiro, a começar por Esopo. Contudo, se Kostomárov narrou o que poderia acontecer em seu país eternamente despótico, caso as massas populares se rebelassem contra o governo a tratá-las como um fazendeiro trata os porcos trancafiados numa pocilga, mas ainda não acontecera de fato, e Swift questionou, sarcástico, se a civilização e a própria vida humana não seriam postas em xeque pela bicharada racional, caso esta viesse a conviver com as pessoas ou até mesmo a disputar o espaço vital com elas, o sucessor de ambos alargou, ou melhor, rompeu os limites do seu imaginário. Aos olhos de Orwell, os bichos que se apossam de uma fazenda na intenção de geri-la a seu bel-prazer, de acordo com sua lei "revolucionária", são uma personificação convincente daquela força bruta, deveras animalesca, que fica adormecida no meio de todo e qualquer povo oprimido, pacato e submisso em seu dia a dia, porém sempre prestes a despertar e a voltar-se, apavorador em sua violência desenfreada, contra os opressores. "Vi um garotinho, talvez de dez anos de idade, conduzir um enorme cavalão por uma estreita vereda, açoitando-o todas as vezes que ele tentava virar-se", declara ele, numa das notas introdutórias d'*A fazenda*. "Acudiu-me que, se somente tais animais tivessem consciência da sua força, nós não teríamos poder sobre eles, e que homens exploram animais da mesma maneira que os ricos exploram o proletariado".³ Ao escolher uma metáfora perfeita, insiste em levá-la às últimas consequências.

Assim, a revolução está consumada: os bichos saíram dos currais e dominaram a fazenda em que viviam tiranizados pelo homem. Seu lema é claro e justo: "Fraco ou forte, inteligente ou simplório, somos todos irmãos... Todos os animais são iguais"; nenhum explorador poderá, daqui em diante, açoitá-los, e seu futuro será feliz. O que é que vem a seguir? O mesmo que se seguiu à revolução francesa de 1789, cujas "liberdade, igualdade e fraternidade" conquistadas a duras penas foram substituídas pela ditadura napoleônica, e, mais ainda, à revolução russa de 1917, com um verdadeiro reino de terror que durou, uma vez instaurado pelos bolcheviques, por mais de três décadas: a euforia da vitória não demora a transformar-se no amargor da derrota; livres da tirania humana, os bichos se submetem à da nova elite revolucionária, composta de seus pretensos irmãos, e a regra geral que passa a vigorar na fazenda insurreta dá arrepios com seu cinismo escancarado — "Todos os animais são iguais, mas alguns animais são mais iguais que os outros"! E aí me recordo da cidade bielorrussa de Gômel onde transcorreram, nos anos de 1970 e 80, minhas infância e adolescência... Os horrores de Stálin já estavam num passado remoto (embora bem vivos na memória dos

---

³ I saw a little boy, perhaps ten years old, driving a huge carthorse along a narrow path, whipping it whenever it tried to turn. It struck me that if only such animals became aware of their strength we should have no power over them, and that men exploit animals in much the same way as the rich exploit the proletariat (Prefácio da edição ucraniana de *A fazenda dos bichos*, 1947).

patrícios), a União Soviética atravessava a fase mais calma e próspera de sua história, mas os contrastes intrínsecos àquela sociedade aparentemente igualitária (embora atenuados pela resiliência proverbial do povo) percebiam-se, a olho nu, em diversos aspectos de nosso cotidiano. Os operários, em benefício dos quais havia sido, pelo menos em tese, deflagrada a revolução, moravam em bairros afastados do centro urbano, poluídos e barulhentos; as paredes de seus apartamentos tipificados, parecidos como duas gotas d'água, mofavam no inverno e ardiam no verão, sem deixarem o mínimo som do lado de fora; eles usavam roupas e calçados uniformes, matriculavam seus filhos em escolas padronizadas, e seu cardápio habitual estava longe de se destacar pela variedade. Quanto aos funcionários do Partido Comunista, em sua maioria os mesmos operários que tinham crescido e aparecido, residiam num bairro elitizado, cheio de prédios bonitos e confortáveis, incrivelmente silencioso porque nem os caminhões nem sequer os ônibus trafegavam pelas suas ruas, eram atendidos numa policlínica especial, comparável às instituições de saúde mais avançadas do Ocidente, viam seus filhos estudarem numa escola também especial, com várias disciplinas lecionadas em inglês, e comiam, à lauta, caviar e bananas importadas do Equador, inimagináveis, àquela altura, na mesa de um cidadão comum. Em resumo, alguns animais (perdão... alguns homens) aparentavam mesmo ser mais iguais que os outros.

 O que foi, pois, que George Orwell quis dizer em seu romance, qual foi a mensagem que legou às gerações por vir? A liberdade e o despotismo são as duas faces da mesma moeda chamada "revolução", e não existe modelo social que garanta plena igualdade a todos os seus elementos? Sim, com certeza... Então por que cerca de 90% dos ingleses que participaram de uma pesquisa efetuada, em 2013, pelo jornal *The Guardian* disseram, apesar de o comunismo jamais ter criado raízes em sua terra, que *A fazenda dos bichos* nada mais era senão uma lúgubre antevisão das mazelas pelas quais se viam cercados atualmente? Será que Orwell foi além de satirizar o regime soviético, que sua clarividência transcende os moldes de "um século onde se acreditou que estar à esquerda ou à direita eram questões centrais",[4] sugerindo que as tendências autoritárias costumam acompanhar quaisquer mudanças globais promovidas em nome e, supostamente, em favor dos "fracos e oprimidos", as primeiras vítimas inocentes dessas mudanças? Dado que as perguntas são incontáveis, as respostas, escassas e contraditórias, e que o pensamento orwelliano percorre uma porção de caminhos tortos antes de tirar alguma conclusão plausível de todo um emaranhado de alusões e sofismas, cada um de nós precisa visitar ou, em se tratando de uma releitura profícua, revisitar *A fazenda dos bichos*, examinar seus cantos obscuros e descobrir, afinal de contas, aquele grão de verdade que seu construtor se propôs a esconder num deles.

---

[4] Affonso Romano de Sant'Anna. *Epitáfio para o século XX*, 2.

A FAZENDA dos BICHOS

CAPÍTULO 1

O Sr. Jones, da Fazenda Solar, trancou os galinheiros antes de se recolher, mas estava bêbado demais para se lembrar de fechar os buracos das gaiolas. Com o feixe de luz de sua lanterna oscilando de um lado para o outro, ele atravessou o quintal, arremessou as botas na porta dos fundos, encheu um último copo de cerveja do barril na copa e subiu para o quarto, onde a Sra. Jones já roncava.

Assim que a luz do quarto foi apagada, houve um alvoroço e um falario que se espalhou por todas as edificações da fazenda. Durante o dia, correra a notícia de que o Velho Major, o maior e mais forte porco de todos, tivera um sonho estranho na noite anterior e desejava contá-lo aos outros animais. Todos combinaram de se encontrar no grande celeiro assim que o Sr. Jones não estivesse mais por perto para atrapalhar a conversa. O Velho Major (assim ele era sempre chamado, embora o nome com que havia sido exibido na feira fosse a "Belezura de Willingdon") era tido em tão alta conta entre os animais da fazenda que ninguém se importava de perder uma horinha de sono só para poder ouvir o que ele tinha a dizer.

Numa extremidade do grande celeiro, numa espécie de plataforma elevada, o Major já estava bem acomodado em sua cama de palha, sob a luz de uma luminária pendurada numa viga. Era um porco de doze anos de idade e, apesar de ultimamente ter ficado um pouco mais corpulento que o normal, ainda tinha uma aparência pomposa, com um ar de sabedoria e benevolência, apesar de suas presas jamais terem sido aparadas. Não demorou e os outros animais começaram a chegar e a se acomodar, cada um ao seu modo. Primeiro, chegaram os três cães: Bluebell, Jessie e Pincher; depois, os porcos, que se instalaram na palha bem em frente à plataforma. As galinhas se empoleiraram nos parapeitos das janelas, os pombos bateram as asas e pousaram nos caibros, as ovelhas e as vacas deitaram atrás dos porcos e começaram a ruminar. Os dois cavalos da carroça, Boxer e Clover, chegaram juntos, marchando lentamente, tomando muito cuidado toda vez que tocavam o chão com seus cascos envoltos em pelos longos, caso houvesse algum animal menor escondido em meio às palhas. Clover era uma égua encorpada que, embora estivesse perto da meia-idade, tinha acabado de ser mãe; e nunca conseguiu recuperar a aparência após a quarta prenhez. Boxer era um animal imenso, com quase dezoito palmos de altura, e tão forte quanto dois cavalos comuns colocados um ao lado do outro. Uma listra branca que descia pelo focinho dava-lhe uma aparência um tanto estúpida; de fato, ele não era um ás da inteligência, mas todos o respeitavam por seu caráter inabalável e enorme força de trabalho. Após os cavalos, chegaram Muriel, a cabra branca, e Benjamin,

O burro, Benjamin era o animal mais velho da fazenda e o mais mal-humorado. Raramente se pronunciava e, quando o fazia, a fala sempre era acompanhada de algum comentário cínico — por exemplo, dizia que Deus lhe dera um rabo para espantar as moscas, mas preferia não ter rabo contanto que não existissem moscas. Dentre os animais da fazenda, ele era o mais solitário e não gostava de rir. Se lhe perguntassem o motivo, dizia simplesmente que não tinha por que ficar rindo à toa. Apesar disso, mesmo não querendo admitir, ele tinha um carinho especial por Boxer; os dois costumavam passar os domingos juntos no pequeno cercado atrás do pomar, pastando lado a lado, sem dizer nada.

Os dois cavalos haviam acabado de deitar, quando uma ninhada de patinhos órfãos entrou em fileira no celeiro, piando sem muito entusiasmo e vagando de um lado para o outro, a fim de encontrar um lugar onde não seriam pisoteados. Clover fez uma espécie de muro de proteção em torno deles com sua grande pata dianteira, então os patinhos se acomodaram ali dentro e, sem demora, pegaram no sono. Na última hora, chegou Mollie, a bela e fútil égua branca que puxava a charrete do Sr. Jones, com toda pompa e circunstância, mascando um torrão de açúcar. Ela escolheu um lugar bem na frente e começou a mexer a crina branca de maneira charmosa, querendo chamar a atenção para os laços vermelhos que amarravam suas tranças. Por último chegou a gata, que, como sempre, procurou pelo cantinho mais acolhedor, até finalmente se espremer entre Boxer e Clover; ali, ronronou satisfeita durante toda a fala do Major, sem ouvir nenhuma palavra do que ele estava dizendo.

Todos os animais agora estavam presentes, a não ser Moses, o corvo adestrado, que dormia num poleiro atrás da porta dos fundos. Quando o Major viu que todos estavam acomodados e aguardavam atentamente, pigarreou e começou o discurso:

— Camaradas, vocês já devem ter ouvido falar do estranho sonho que tive noite passada. Porém, abordarei o sonho logo mais. Tenho algo a dizer antes de mais nada. Meu caros, creio que não estarei entre vocês por muito mais tempo e, antes de morrer, sinto que é meu dever transmitir-lhes a sabedoria que pude adquirir. Tive uma vida longa, tive muito tempo para meditar enquanto permanecia só em minha baia, e penso que sou capaz de dizer que compreendo o sentido da vida nesta Terra, tanto quanto qualquer outro animal vivente. É sobre isso que gostaria de falar com vocês.

"Por isso, meus camaradas, eu lhes pergunto: qual é o sentido desta nossa vida? Sejamos sinceros: nossas vidas são lastimáveis, penosas e curtas. Assim que nascemos, recebemos apenas o mínimo de alimento necessário para nos manter respirando, e aqueles de nós que sobrevivem são forçados a trabalhar até não lhes restar mais nem um pingo de força; e no instante em que nossa utilidade se esvai, somos abatidos com terrível crueldade. Nenhum animal em toda a Inglaterra sabe dizer o que significa felicidade ou lazer após o primeiro ano de vida. Nenhum animal na Inglaterra é livre. A vida de um animal se resume a miséria e escravidão: essa é a mais pura verdade.

"Mas será que é essa mesmo a ordem natural das coisas? Será que, pelo fato de nossa terra ser tão pobre, torna-se-lhe impossível prover uma vida decente àqueles que a habitam? Não, camaradas! Mil vezes, não! O solo da Inglaterra é fértil, o clima é bom, é capaz de produzir alimento em abundância para uma quantidade de animais ainda maior do que existe hoje. Só esta nossa fazenda seria capaz de sustentar uma dúzia de cavalos, vinte vacas, centenas de ovelhas — e todos vivendo com um conforto e dignidade que hoje são praticamente inimagináveis. Então por que continuamos nessas condições miseráveis? Porque quase todo o produto de nosso trabalho é roubado de nós pelos seres humanos. Eis, camaradas, a resposta para todos os nossos problemas. Resume-se em uma só palavra: Humanidade. A humanidade é a única inimiga real que temos. Se removermos a humanidade da equação, a causa originária da fome e do excesso de trabalho será abolida para sempre.

"Os homens são as únicas criaturas que consomem sem produzir. Eles não dão leite, não põem ovos, são fracos demais para puxar um arado, não correm rápido o bastante para capturar coelhos. Ainda assim, são os senhores de todos os animais. Põem-nos para trabalhar, oferecem-nos o mínimo para não morrermos de fome, e todo o resto fica com eles. Nosso labor cultiva o solo, nosso esterco o fertiliza, mas nenhum de nós consegue conservar para si mesmo mais do que o peso da própria carcaça. Vacas, vocês que estão aqui diante de mim, quantos milhares de galões de leite vocês forneceram durante o último ano? E onde é que foi parar o alimento para seus bezerros corpulentos? Desceu pelas gargantas de nossos inimigos, até a última gota. E vocês, galinhas, quantos ovos puseram neste ano que passou, quantos ovos conseguiram chocar para que se tornassem pintinhos? O restante foi parar nas prateleiras dos mercados, onde foram vendidos para encher os bolsos de Jones e seus homens. E você, Clover, onde estão aqueles quatro potros que carregou em seu ventre, que deveriam estar aqui para ampará-la e dos quais se orgulharia quando estivesse mais idosa? Todos foram vendidos com um ano de idade... e você jamais os verá outra vez. Após seus quatro partos e todo o trabalho no campo, o que recebeu em troca senão parcas rações e um estábulo?

"Não somos capazes sequer de atingir nossa mísera expectativa de vida. Quanto a mim, não tenho nada de que reclamar, pois sou um dos mais sortudos. Tenho doze anos e tive mais de quatrocentos filhos. Assim é a vida de um porco comum. Porém, no fim, nenhum animal escapa da lâmina impiedosa. Vocês, jovens porcos, que estão aqui na minha frente, cada um de vocês estará urrando por suas vidas no matadouro no prazo de um ano. Contra esse terror, todos nós temos que nos revoltar: vacas, porcos, galinhas, ovelhas, todo mundo! Nem mesmo cavalos e cães terão um futuro diferente. Boxer, você aí, no exato dia em que seus músculos não tiverem mais o mesmo vigor, Jones o venderá ao carrasco, que cortará sua garganta e ferverá sua carne para dá-la aos cães de caça. E os cães, quando estão velhos e desdentados, Jones costuma amarrar um tijolo em seus pescoços e sela seus destinos ao jogá-los no lago mais próximo.

"Portanto, não está mais do que claro, camaradas, que todos os males dessa nossa existência brotam da tirania dos seres humanos? Só temos de nos livrar dos homens, e o fruto do nosso trabalho será revertido para nós mesmos. Quase da noite para o dia, poderíamos nos tornar ricos e livres. Mas o que temos de fazer? Pois bem: trabalhemos noite e dia, de corpo e alma, para destituirmos a raça humana! Essa é a mensagem que tenho para vocês, camaradas: Rebelião! Não sei quando tal rebelião ocorrerá; talvez daqui a uma semana, talvez daqui a cem anos... mas estou certo, com a mesma certeza com que vejo esta palha sob meus pés, que mais cedo ou mais tarde a justiça será feita. Concentrem-se nesse objetivo, camaradas, ao longo da pouca vida que lhes resta! E, sobretudo, transmitam essa minha mensagem àqueles que vierem depois de vocês, para que as futuras gerações levem adiante essa luta até sermos vitoriosos.

"E lembrem-se, camaradas: jamais abandonem sua determinação. Não deixem que nenhum argumento tire o seu foco. Nunca deem ouvidos àqueles que disserem que homens e animais têm um interesse em comum, que a prosperidade de uns é a prosperidade dos outros. É tudo uma grande mentira. Os homens só servem ao próprio interesse, e nada além disso. E entre nós animais, permitam que haja perfeita unidade, perfeita camaradagem em nossa luta. Todos os homens são inimigos. Todos os animais são camaradas."

Naquele momento, todos ficaram em polvorosa. Enquanto o Major falava, quatro grandes ratos rastejaram para fora de seus ninhos e permaneceram sentados sobre as patas traseiras, ouvindo atentamente as palavras do sábio porco. De repente, quando os cães avistaram-nos, eles correram para suas tocas e salvaram suas vidas por um triz. O Major elevou a pata dianteira pedindo por silêncio.

— Camaradas — disse ele, retomando sua fala —, precisamos resolver um tema importante, que é a questão das criaturas selvagens, como ratos e coelhos. Eles são nossos amigos ou inimigos? Façamos uma votação. Ofereço esta pergunta para este nosso encontro: Os ratos são camaradas?

O escrutínio foi feito imediatamente, e uma maioria esmagadora votou a favor de que os ratos eram camaradas. Houve apenas quatro votos contrários, dos três cães e da gata, a qual, posteriormente, souberam que tinha votado contra e a favor. Então, o Major prosseguiu:

— Tenho outra coisa a acrescentar. Gostaria de frisar: nunca se esqueçam de seu dever em repelir a humanidade e seus costumes. Qualquer coisa que ande sobre duas patas é inimiga. Qualquer coisa que ande sobre quatro patas ou tenha asas é amiga. E lembrem-se também de que, ao combatermos o homem, não devemos nos tornar como ele. Mesmo após o vencermos, jamais devemos aderir aos seus vícios. Nenhum animal deve viver numa casa, ou dormir numa cama, ou usar roupas, ou beber álcool, ou fumar tabaco, ou tocar em dinheiro, ou se envolver em negócios. Todos os hábitos dos homens são perversos. E, acima de tudo, nenhum animal jamais será cruel com seu próximo. Fraco ou forte, inteligente ou simplório, somos todos irmãos. Nenhum animal jamais matará outro animal. Todos os animais são iguais.

"E agora, camaradas, contar-lhes-ei sobre o sonho que tive na noite passada. Não sei como descrever aquele sonho para vocês. Foi um sonho de como será a vida quando o homem evaporar da face da

Terra. Mas ele me fez recordar algo que eu há muito esquecera. Vários anos atrás, quando eu era apenas um leitão, minha mãe e as outras porcas costumavam cantarolar uma velha canção da qual elas sabiam apenas a melodia e as três primeiras palavras. Por toda a minha infância aquela melodia rondou meus pensamentos, mas já há algum tempo não pensava nela. Entretanto, na noite passada, a mesma canção soou na minha cabeça durante o sonho. E mais ainda: a letra da canção também voltou à minha memória — uma letra, tenho certeza, que era cantada pelos animais de outrora e se perdera com o passar das gerações. Cantarei essa música agora, camaradas. Sou velho e minha voz é rouca, mas, quando lhes ensinar a melodia, vocês poderão cantá-la melhor. Chama-se 'Bestas da Inglaterra'."

O Velho Major pigarreou e se pôs a cantar. Como ele havia dito, sua voz era rouca, mas ele cantou razoavelmente bem, e a canção tinha uma melodia comovente, algo entre "Clementine" e "La Cucaracha". A letra da música era assim:

> *Bestas da Inglaterra, bestas da Irlanda,*
> *Bestas de todos os cantos e climas,*
> *Ouçam minhas boas novas*
> *Do futuro brilhante que nos aguarda.*

> *Cedo ou tarde, o dia virá,*
> *Homens tiranos serão varridos,*
> *E os campos férteis da Inglaterra*
> *Só pelas bestas serão fruídos.*

Nossos narizes não mais terão argolas,
Nem arreios em nossas costas,
Freios e esporas serão corroídos pela ferrugem,
Cruéis chicotadas deixarão de estalar.

Mais riquezas que a mente pode imaginar,
Trigo e centeio, aveia e feno,
Dentes-de-leão, feijões e beterrabas
Serão seus quando esse dia chegar.

Os campos da Inglaterra serão reluzentes,
Águas serão mais puras,
Brisas ainda mais suaves soprarão
No dia em que seremos livres.

Por esse dia, devemos batalhar,
Mesmo que morramos antes do seu raiar;
Vacas e cavalos, gansos e perus,
Todos devemos nos esforçar pela nossa liberdade.

Bestas da Inglaterra, bestas da Irlanda,
Bestas de todos os cantos e climas,
Ouçam minhas boas-novas
Do futuro brilhante que nos aguarda.

A canção deixou todos os animais em plena empolgação. Pouco antes de o Major chegar ao fim, começaram a cantá-la por conta própria. Até os mais estúpidos já tinham pego a melodia e algumas partes da letra e, quanto aos mais espertos, como os porcos e os cães, decoraram a música inteira em poucos minutos. Então, após algumas tentativas preliminares, toda a fazenda irrompeu num tremendo uníssono de "Bestas da Inglaterra": vacas mugiam, cães ganiam, as ovelhas baliam, os cavalos relinchavam e os patos grasnavam. O deleite era tão grande com aquela canção que a cantaram cinco vezes seguidas, do início ao fim, e a teriam cantado por toda a noite se não tivessem sido interrompidos.

Infelizmente, a algazarra acordou o Sr. Jones, que deu um pulo da cama, certo de que havia uma raposa no jardim. Ele pegou a arma que sempre ficava num canto do quarto e descarregou uma sequência de seis tiros na escuridão. As balas perfuraram a parede do celeiro, dispersando a reunião apressadamente. Todos correram para os seus abrigos. Os pássaros voaram para os seus poleiros, os animais se acomodaram no palheiro e, logo, todos os residentes da fazenda estavam dormindo.

CAPÍTULO 2

Três noites depois, o Velho Major morreu em paz durante o sono. Seu corpo foi enterrado no sopé do pomar.

Era início de março e, nos três meses seguintes, houve muitas atividades secretas. O discurso do Major proporcionara aos animais mais inteligentes da fazenda uma nova perspectiva de vida. Não sabiam quando aconteceria a rebelião prevista pelo Major; não tinham motivos para acreditar que estariam vivos para vê-la, mas não tinham dúvidas de que era dever deles preparar o terreno para a posteridade. A função de ensinar e organizar os outros coube, naturalmente, aos porcos, que todos reconheciam como os animais mais inteligentes. Destacavam-se entre os porcos dois jovens varrões chamados Bola de Neve e Napoleão, os quais o Sr. Jones vinha tratando com zelo para vendê-los. Napoleão era um varrão grande e de aparência feroz da raça Berkshire — o único Berkshire da fazenda —, não era muito falador, mas tinha a reputação de sempre alcançar seus objetivos. O Bola de Neve era um porco mais diligente que o Napoleão, com maior eloquência e inventividade, mas não era conhecido pela mesma firmeza de caráter. Todos os outros porcos machos da fazenda eram criados para o abate. O mais conhecido entre eles era um pequeno porco gorducho chamado Squealer, com bochechas bem arredondadas, olhos cintilantes, movimentos ágeis e uma voz esganiçada. Era um exímio orador e, quando defendia um assunto complexo, tinha uma maneira própria de se esquivar e abanar a cauda que, por algum motivo, era bastante persuasiva. Os outros diziam que Squealer tinha um jeito só dele de convencer que preto era branco.

Esses três se debruçaram sobre os ensinamentos do Velho Major, sistematizando-os numa densa ideologia que passaram a chamar de Animalismo. Várias noites por semana, depois que o Sr. Jones se recolhia, dedicavam-se à realização de reuniões secretas no celeiro e expunham os princípios do Animalismo aos outros. No começo, depararam-se com a enorme estupidez e apatia alheias. Alguns dos animais falavam sobre o dever de lealdade para com o Sr. Jones, a quem se referiam como "Mestre", ou faziam comentários elementares, como "o Sr. Jones nos alimenta. Se ele não estivesse aqui, todos nós morreríamos de fome". Outros faziam perguntas como "Por que nós deveríamos ligar para o que acontecerá após a nossa morte?" ou "Se essa rebelião acontecerá de qualquer jeito, que diferença faz se vamos ou não nos dedicar a ela?", por esse motivo os porcos tinham grande dificuldade em fazê-los enxergar que isso era contrário ao espírito do Animalismo. As perguntas mais idiotas eram feitas por Mollie, a égua branca.

— Ainda haverá açúcar depois da Rebelião? — Foi a primeira coisa que ela perguntou a Bola de Neve.

— Não — Bola de Neve respondeu com firmeza.
— Não temos como fazer açúcar nesta fazenda. Além do mais, você não precisa de açúcar. Você terá toda aveia e feno que quiser.

— E ainda poderei usar laços na minha crina? — indagou Mollie.

— Camarada — disse Bola de Neve —, esses laços que você aprecia tanto são exatamente os sinais distintivos da sua escravidão. Será que você não consegue entender que a liberdade vale mais do que essas fitinhas?

Mollie concordou, mas não parecia muito convencida.

Foi ainda mais difícil para os porcos terem de rebater as mentiras disseminadas por Moses, o corvo adestrado. Moses, que era o bichinho de estimação do Sr. Jones, era um espião e mexeriqueiro, dotado, ainda por cima, de exacerbada eloquência. Afirmava saber da existência de um país misterioso chamado de Montanha Açucarada, para o qual todos os animais iriam depois de morrer. Situava-se em algum lugar no céu, não muito além das nuvens, dizia Moses. Na Montanha Açucarada, era domingo sete dias por semana, era época de dentes-de-leão durante o ano todo, e torrões de açúcar e farelo de linhaça cresciam nas cercas. Os animais detestavam Moses porque só ficava contando histórias, e trabalho que era bom, nada. O problema é que alguns acreditavam na existência da Montanha Açucarada, por isso os porcos tinham de gastar muita saliva para persuadi-los de que aquilo não passava de invencionice.

Seus discípulos mais fiéis eram os dois cavalos da carruagem, Boxer e Clover. Ambos tinham tremenda dificuldade para chegar a alguma conclusão por conta própria, mas uma vez tendo aceitado que os porcos eram seus professores, absorviam tudo que lhes era dito e transmitiam aos outros animais por meio de simples argumentação. Eram frequentadores assíduos das reuniões secretas no celeiro e conduziam o coro de "Bestas da Inglaterra", com o qual todas as reuniões se encerravam.

Então, para surpresa geral, a Rebelião tinha se materializado muito antes e com muito mais facilidade do que todos imaginavam. Nos últimos anos, o Sr. Jones, apesar de rígido, mostrara-se um fazendeiro muito capaz; porém, recentemente, uma desgraça se abatera sobre sua vida. Ficou muito desalentado após perder dinheiro num processo judicial, passando a beber muito além do seu limite. Dias inteiros transcorriam sem que ele saísse de sua cadeira na cozinha, lendo jornais, bebendo e, vez ou outra, alimentando Moses com migalhas de pão empapadas na cerveja. Seus empregados eram preguiçosos e desonestos, os campos estavam cheios de ervas daninhas, as edificações precisavam de telhas novas, as cercas estavam largadas ao léu e ninguém alimentava direito os animais.

Junho chegou, e o feno estava quase no ponto da colheita. Na véspera do solstício de verão, que cairia num sábado, o Sr. Jones foi para Willingdon, onde se embebedou tanto no Red Lion que só conseguiu voltar no domingo após o meio-dia. Os homens tinham ordenhado as vacas no princípio da manhã, mas, logo em seguida, foram embora para caçar coelhos, sem se darem ao trabalho de alimentar os animais. Assim que o Sr. Jones voltou, jogou-se no sofá e pegou no sono com o *Notícias do Mundo* sobre o rosto, então, quando a noite chegou, os animais continuavam sem ter o que comer. Por fim, já não aguentavam mais. Uma das vacas arrombou a porta do depósito de alimentos com o chifre e todos os animais começaram a se servir diretamente das latas do estoque. Só então que o Sr. Jones acordou. Instantes depois, ele e seus quatro homens chegaram ao depósito com chicotes nas mãos, açoitando tudo que viam pela frente. Isso foi mais do que os animais famintos puderam suportar. Num só gesto, sem que nada tivesse sido planejado antecipadamente, eles partiram para cima de seus algozes. Jones e seus homens de repente se viram tomando coices e chifradas de todos os lados, perdendo o controle de toda a situação. Jamais tinham visto os animais se comportarem de tal jeito, e a súbita insurreição daquelas criaturas, nas quais estavam acostumados a bater e as quais malratavam como lhes conviesse, deixou-os apavorados até o último fio de cabelo. Não demorou muito, todos desistiram de tentar se defender e saíram correndo daquele lugar. Um minuto depois, os cinco fugiram pela trilha que levava até a estrada principal, com os animais vindo atrás deles de forma triunfante.

A Sra. Jones olhou pela janela do quarto, viu o que estava acontecendo, rapidamente jogou alguns itens pessoais numa maleta e fugiu escondida da fazenda por outra saída. Moses saltou de seu poleiro e bateu asas atrás dela, crocitando muito alto. Enquanto isso, os animais tinham perseguido Jones e seus homens até a estrada e fecharam a porteira assim que saíram. Então, antes de se darem conta do que estava acontecendo, a Rebelião tinha sido bem-sucedida: Jones fora expulso, e a Fazenda Solar fora tomada por eles.

Nos primeiros minutos, os animais mal puderam acreditar em como foram sortudos. A primeira coisa que fizeram foi galopar juntos ao longo de toda a cerca ao redor da fazenda, como se quisessem garantir que não havia seres humanos escondidos por ali; então correram de volta às edificações da fazenda para apagar os últimos rastros do reinado odioso de Jones. A sala de arreios na parte dos fundos dos estábulos foi arrombada; os freios, as argolas de focinho, as coleiras dos cães, as cruéis lâminas com que o Sr. Jones estava acostumado a castrar os porcos e cordeiros foram jogados no fundo do poço. As rédeas, os cabrestos, os antolhos, as focinheiras degradantes, tudo foi incinerado na fogueira que ardia no jardim. O mesmo destino tiveram os chicotes. Todos os animais saltitaram de alegria, quando viram os chicotes pegando fogo. Bola de Neve também jogou na fogueira os laços com que as crinas e rabos dos cavalos normalmente eram decorados nos dias de exposição.

— Laços serão considerados como roupas — disse ele —, que são a marca de um ser humano. Todos os animais deverão andar nus.

Quando Boxer ouviu isso, foi buscar o pequeno chapéu de palha que usava no verão para manter as moscas longe de seus ouvidos, jogando-o na fogueira com o restante das coisas.

Num tempo bem curto, os animais destruíram tudo que os fazia lembrar do Sr. Jones. Napoleão, em seguida, liderou-os de volta ao armazém de comida e serviu uma ração dobrada de milho para todos, com dois biscoitos para cada cachorro. Depois, cantaram "Bestas da Inglaterra" do início ao fim sete vezes seguidas e, logo após, aconchegaram-se e dormiram como nunca antes em todas as suas vidas.

Porém, como de costume, acordaram quando o sol raiou, e de repente se lembraram da coisa incrível que tinha acontecido no dia anterior, saindo juntos em disparada pelo pasto. Um pouco além do pasto, havia um pequeno monte que proporcionava uma vista de quase toda a fazenda. Os animais correram até o topo e contemplaram o horizonte ao redor sob a luz clara da manhã. Sim, era deles — tudo o que os olhos podiam alcançar era deles! Extasiados com aquela imagem, pulavam em círculos, atiravam-se uns contra os outros em grandes saltos de felicidade. Rolavam sobre o orvalho, enchiam a boca com a suave grama de verão, chutavam montinhos de terra preta úmida e sentiam o perfume exalado. Então, fizeram uma ronda de inspeção por toda a fazenda e examinaram com calada admiração o terreno arado, o campo de feno, o pomar, o lago, o bosque. Era como se nunca tivessem visto nada daquilo; e, mesmo agora, mal podiam acreditar que era tudo deles.

Sem demora, retornaram à área de edificações da fazenda e pararam em silêncio, em frente à porta da sede. Era deles também, mas estavam com medo de entrar. Contudo, após alguns instantes, Bola de Neve e Napoleão arrebentaram a porta com os ombros e os animais entraram numa fila única, andando com o máximo de cuidado pelo pavor de perturbarem algo ou alguém. Andaram na ponta das patas de cômodo em cômodo, temendo falar mais alto que um sussurro e olhando estupefatos para todo aquele luxo inacreditável, para as camas com seus colchões de penas, os espelhos, o sofá de crina de cavalo, carpete belga, a litogravura da Rainha Vitória acima da lareira da sala. Ficaram intrigados, quando desceram as escadas, ao notarem que Mollie não estava por perto. Retornaram e viram que tinha permanecido no melhor quarto. Ela havia pegado um pedaço de fita azul da penteadeira da Sra. Jones e pendurara no ombro, admirando-se diante do espelho de maneira fútil. Os outros reprovaram sua conduta com toda veemência e foram para fora. Alguns presuntos que estavam pendurados na cozinha foram levados para fora a fim de serem enterrados com dignidade, e o barril de cerveja na copa foi amassado com um coice de Boxer; fora isso, não tocaram em mais nada que havia na casa. Aprovaram de forma unânime ali mesmo que a sede da fazenda seria preservada como um museu. Todos estavam de acordo que nenhum animal moraria lá dentro.

Os animais tomaram o café da manhã, e, logo em seguida, Bola de Neve e Napoleão convocaram todos novamente.

— Camaradas — disse Bola de Neve —, são seis e meia da manhã e temos um longo dia pela frente. Hoje começaremos a colheita do feno. Mas antes precisamos falar sobre um assunto mais importante.

Os porcos revelaram que, nos últimos três meses, tinham aprendido a ler e escrever a partir de um velho livro de alfabetização que pertencera aos filhos do Sr. Jones e fora jogado na pilha de lixo. Napoleão pediu que trouxessem baldes de tinta preta e branca, liderando o grupo até a porteira que dava para a estrada principal. Então Bola de Neve (pois era Bola de Neve quem tinha a melhor caligrafia) pegou um pincel entre os dois cascos da pata dianteira, apagou FAZENDA SOLAR do letreiro acima da porteira e, no lugar, pintou FAZENDA DOS BICHOS. Esse seria o nome da fazenda de agora em diante. Depois disso, voltaram às edificações da fazenda, onde Bola de Neve e Napoleão mandaram buscar uma escada para ser apoiada na parede dos fundos do grande celeiro. Os dois explicaram que, em virtude de seus estudos nos últimos três meses, os porcos conseguiram resumir os princípios do Animalismo em Sete Mandamentos. Esses Sete Mandamentos, agora, ficariam inscritos na parede; eles consubstanciariam uma Lei Imutável à qual todos os animais da Fazenda dos Bichos deveriam obedecer para todo o sempre. Embora com certa dificuldade (já que não é muito fácil para um porco se equilibrar numa escada), Bola de Neve subiu e começou a tarefa, com Squealer segurando o balde de tinta alguns degraus abaixo. Os Mandamentos foram escritos na parede coberta de piche, com letras grandes na cor branca, que poderiam ser lidas a trinta metros de distância. Assim ficou determinado:

OS SETE MANDAMENTOS:

1. QUALQUER COISA QUE ANDAR SOBRE DUAS PERNAS É INIMIGA.
2. QUALQUER COISA QUE ANDAR SOBRE QUATRO PATAS, OU TIVER ASAS, É AMIGA.
3. NENHUM ANIMAL USARÁ ROUPAS.
4. NENHUM ANIMAL DORMIRÁ NUMA CAMA.
5. NENHUM ANIMAL BEBERÁ ÁLCOOL.

6. Nenhum animal matará outro animal.
7. Todos os animais são iguais.

Tudo foi escrito com o maior esmero e, exceto por "amigo" que estava escrito "aimgo" e um "S" que ficou ao contrário, o restante ficou perfeito. Bola de Neve leu tudo em voz alta para ajudar os outros. Todos os animais concordaram acenando com a cabeça, e os mais inteligentes imediatamente decoraram os Mandamentos.

— Agora, camaradas — gritou Bola de Neve, deixando o pincel cair no chão —, para o campo de feno! Para nós, será uma questão de honra realizar a colheita com maior eficiência do que Jones e seus homens!

Mas naquele exato momento, as três vacas, que havia algum tempo pareciam irrequietas, soltaram um longo e alto mugido. Elas não eram ordenhadas havia vinte e quatro horas, e seus úberes estavam quase explodindo. Após uma rápida reflexão, os porcos mandaram buscar os baldes e ordenharam as vacas com grande êxito, notando que suas patas dianteiras eram bem adaptadas à tarefa. Sem demora, cinco baldes de leite cremoso e espumante tinham sido retirados, para cima dos quais muitos dos animais cresceram os olhos.

— O que será feito de todo esse leite? — alguém perguntou.

— Jones costumava misturar um pouco na nossa ração — disse uma das galinhas.

— Camaradas, esqueçam o leite por agora! — gritou Napoleão, colocando-se em frente aos baldes. — Depois resolveremos o que fazer. A colheita é mais importante. O camarada Bola de Neve irá na frente.

Eu vou daqui a alguns minutos. Adiante, camaradas! O feno está à nossa espera.

Então os animais marcharam em direção ao capinzal para dar início à colheita e, quando retornaram no fim da tarde, perceberam que o leite tinha desaparecido.

CAPÍTULO 3

Foi impressionante o quanto se esforçaram para colher todo aquele feno! Mas seu suor foi recompensado, pois a colheita foi um sucesso muito maior do que imaginaram. Em certos momentos, a tarefa foi árdua, pois os equipamentos tinham sido criados para os seres humanos, não para os animais; um dos maiores inconvenientes foi nenhum animal conseguir usar as ferramentas que dependiam de alguém que pudesse ficar de pé, ou seja, sobre as patas traseiras. No entanto, os porcos eram tão inteligentes que sempre conseguiam encontrar uma solução para todas as dificuldades. Com relação aos cavalos, eles conheciam bem cada centímetro do campo, e sabiam ceifar e arar muito melhor do que Jones e seus homens. Na verdade, os porcos não chegaram a trabalhar, mas supervisionaram e instruíram os outros. Por conta de seu intelecto superior, eles naturalmente assumiram a liderança. Boxer e Clover vestiram sozinhos os arreios para arrastar a ceifadeira e o rastelo (freios e rédeas já não eram mais necessários, é claro), e marcharam continuamente pelo campo, sempre seguidos por um porco que gritava "Em frente, camarada!" ou "Vá com calma, camarada!", conforme o caso. E até o mais inferior dos animais trabalhou para puxar e juntar o feno. Até mesmo os patos e galinhas labutaram incessantemente sob o sol escaldante, carregando com seus bicos pequenos tufos de feno por vez. Enfim, concluíram a colheita com dois dias de vantagem sobre Jones e seus homens. Além do mais, foi a maior colheita já realizada naquela fazenda. Não houve nenhuma espécie de desperdício; galinhas e patos, com sua visão afiada, conseguiram recolher até o talo mais fino. E nenhum animal da fazenda roubou nada além de uma ou outra abocanhada.

Durante todo aquele verão, as atividades da fazenda seguiram como o planejado. Os animais estavam felizes, pois nunca imaginaram que isso seria possível. Toda vez que enchiam a boca sentiam um prazer incomensurável, agora que aquela comida era deles de verdade — produzida por eles e para eles, não disponibilizada a eles por um mestre muquirana. Após o êxodo dos seres humanos parasitas e imprestáveis, havia muito mais comida para todos. Também tinham mais tempo livre, por mais que não fossem muito experientes nesse quesito. Claro que eles se depararam com muitas dificuldades — por exemplo, no fim do ano, quando fizeram a colheita do milho, tiveram de pisoteá-lo à moda antiga e soprar a espiga com o próprio fôlego, já que não havia uma máquina de debulhar na fazenda —, mas os porcos, com sua sagacidade, e Boxer, com sua tremenda força física, encontravam uma saída para tudo. Boxer era admirado por todos. Mesmo na época de Jones, ele sempre fora muito esforçado, mas, agora, parecia que eram três cavalos em um; tinha-se a impressão de que havia dias em que todo o trabalho da fazenda recaía sobre seus ombros musculosos. De sol a sol, lá estava ele empurrando e puxando alguma coisa, sempre no lugar onde o trabalho era mais pesado. Chegou a combinar com um dos galos para que o acordasse meia hora mais cedo do que os outros, assim poderia realizar algum trabalho voluntário onde fosse mais necessário, antes que o trabalho normal do dia começasse. Sua resposta para todos os problemas, todos os contratempos, era "Vou me esforçar mais!" — algo que ele adotou como seu lema pessoal.

Entretanto, todos trabalhavam de acordo com o que era importante para si. Por exemplo, as galinhas e patos guardaram cinco montes de milho na colheita ao juntar os grãos esparsos. Ninguém roubava, ninguém reclamava por causa das rações; discussões, brigas e ciúmes, que sempre foram aspectos comuns da vida nos tempos antigos, tinham praticamente desaparecido. Ninguém se abstinha do trabalho — ou quase ninguém. Mollie, é preciso que se diga, não servia para acordar cedo e sempre dava um jeito de largar a lida antes dos outros sob a alegação de que havia uma pedra cravada em seu casco. E o comportamento da gata era um tanto peculiar. Logo deu para perceber que, toda vez que tinha algum trabalho a ser feito, a gata simplesmente evaporava. Ficava sumida por horas sem fim, mas reaparecia bem na hora das refeições, ou no comecinho da noite, quando todas as tarefas já tinham acabado, como se nada tivesse acontecido. Mas ela sempre tinha ótimas desculpas, e ronronava de forma tão encantadora que era impossível não acreditar em suas boas intenções. O Velho Benjamin, o burro, parecia inalterado desde a Rebelião. Realizava suas funções da mesma maneira lenta e obstinada como sempre fizera desde os tempos de Jones, nunca se furtando ao trabalho, mas também nunca se voluntariando. Quanto à Rebelião e suas consequências, não expressava nenhuma opinião. Quando indagado se não estava mais feliz agora que Jones havia ido embora, ele apenas dizia: "Burros vivem por muito tempo. Nenhum de vocês jamais viu um burro morto", e os outros tinham de se contentar com essa resposta enigmática.

Aos domingos, ninguém trabalhava. O desjejum era uma hora mais tarde do que o normal e, em seguida, havia uma cerimônia que era celebrada todas as semanas, sem falta. Primeiro, ocorria o hasteamento da bandeira. Bola de Neve encontrara na sala de arreios uma velha toalha de mesa verde da Sra. Jones e pintara um casco e um chifre com tinta branca. Esta era içada no mastro do jardim em frente à sede todos os domingos de manhã. A bandeira era verde, explicou Bola de Neve, para representar os verdes campos da Inglaterra, ao passo que o casco e o chifre representavam a futura República dos Animais, que emergiria quando a raça humana fosse finalmente retirada do controle. Após o hasteamento da bandeira, todos os animais marchavam até o grande celeiro para uma reunião geral conhecida como "A Assembleia". Nela, o trabalho da semana seguinte era planejado e resoluções eram apresentadas e debatidas. Eram sempre os porcos que apresentavam as resoluções. Os outros animais sabiam como votar, mas não podiam sequer pensar em anunciar alguma resolução. Bola de Neve e Napoleão, de longe, eram os mais ativos nos debates. Mas começou a ficar perceptível que os dois nunca entravam num acordo: a qualquer sugestão que um fizesse, o outro parecia se opor. Mesmo quando se chegou à conclusão — algo irrefutável por si só — de reservar o cercado atrás do pomar como lar de repouso para os animais que já não estavam mais em condições de trabalho, houve um tumultuado debate sobre a idade certa para a aposentadoria de cada classe de animais. A Assembleia sempre terminava com todos cantando "Bestas da Inglaterra", e a tarde era liberada para recreação.

Os porcos designaram a sala de arreios como quartel general para si mesmos. Ali, todas as noites, eles estudavam ferraria, carpintaria e outros ofícios necessários com a ajuda de livros que tinham trazido da sede da fazenda. Bola de Neve também se ocupava de organizar os outros animais no que ele chamava de Comitês Animais — tarefa a que se dedicava de forma incansável. Ele formou o Comitê de Produção de Ovos para as galinhas, a Liga das Caudas Limpas para as vacas, o Comitê de Reeducação dos Camaradas Selvagens e Rebeldes (cujo objetivo era amansar e controlar os ratos e coelhos), o Movimento da Lã Mais Branca para as ovelhas, e muitos outros, além de instituir aulas de leitura e escrita. Em geral, esses projetos não tiveram futuro. A tentativa de controlar os animais selvagens, por exemplo, foi um fracasso quase instantâneo, pois eles continuaram se comportando do mesmo jeito e, quando tratados com generosidade, simplesmente tiravam vantagem da situação. A gata foi participar do Comitê de Reeducação e, durante alguns dias, foi bastante ativa. Certo dia, ela foi vista sentada num telhado conversando com alguns pardais que estavam longe do seu alcance. Ela lhes disse que, agora, todos os animais eram camaradas, e que qualquer pardal poderia empoleirar-se na sua pata, se assim quisesse; mas os pardais se mantiveram distantes.

Contudo, as aulas de leitura e escrita foram um grande sucesso. No outono, quase todos os animais da fazenda já estavam alfabetizados em algum nível.

No que tange aos porcos, eles já sabiam ler e escrever perfeitamente. Os cães aprenderam a ler muito bem, mas não estavam interessados em ler nada salvo pelos Sete Mandamentos. Muriel, a cabra, lia um pouco melhor do que os cães, e de vez em quando lia para os outros, no fim do dia, o que encontrava nos pedaços de jornal que estavam na pilha de lixo. Benjamin sabia ler tão bem quanto qualquer porco, mas nunca colocava em prática essa habilidade. Até onde sabia, ele dizia, não havia nada para ler. Clover aprendeu todo o alfabeto, mas não conseguia juntar as palavras umas com as outras. Boxer não conseguia ir além da letra D. Ele traçava as letras A, B, C, D na terra com seu grande casco, então ficava parado diante delas com as orelhas para trás, às vezes balançando a franja da crina, tentando se lembrar de toda forma do que vinha depois, mas nunca tinha êxito. Em várias ocasiões, inclusive, ele aprendeu E, F, G, H, mas, assim que as aprendia, sempre acabava esquecendo A, B, C e D. Enfim, ele decidiu se contentar com as primeiras quatro letras, e costumava escrevê-las uma ou duas vezes por dia para refrescar a memória. Mollie recusava-se a aprender qualquer coisa que não fosse as seis letras do seu nome. Ela conseguia escrevê-lo direitinho com alguns gravetos; depois os decorava com algumas flores e caminhava ao redor para admirar sua obra de arte.

Nenhum dos outros animais na fazenda conseguia ir além da letra A. Descobriu-se também que os animais mais estúpidos, como as ovelhas, galinhas e patos, eram incapazes de aprender os Sete Mandamentos de cor. Depois de muita reflexão, Bola de Neve declarou que os Sete Mandamentos podiam ser, de fato, reduzidos a uma única máxima: "Quatro patas é bom, duas patas é ruim". Essa frase, disse ele, continha o princípio essencial do Animalismo. Quem quer que compreendesse plenamente isso estaria a salvo das influências humanas. Os pássaros, a princípio, foram contra, já que eles entendiam que também tinham duas patas, mas Bola de Neve provou que não era assim que funcionava.

— A asa de um pássaro, camaradas — disse ele —, é um órgão de propulsão e não de manipulação. Portanto deverão ser consideradas como uma pata. A marca distintiva do homem é a *mão*, o instrumento com o qual realiza todas as suas maldades.

Os pássaros não compreenderam as longas palavras de Bola de Neve, mas aceitaram sua explicação, e todos os animais inferiores se puseram a decorar a nova máxima. QUATRO PATAS É BOM, DUAS PATAS É RUIM foi inscrito na parede dos fundos do celeiro, acima dos Sete Mandamentos e com letras maiores. Quando finalmente decoraram, as ovelhas passaram a gostar muito da máxima e, sempre que se deitavam no campo, começavam a balir:

— Quatro patas é bom, duas patas é ruim! Quatro patas é bom, duas patas é ruim! — E continuavam por horas e horas, sem nunca enjoarem.

Napoleão não se interessou pelos comitês de Bola de Neve. Disse que a educação dos mais jovens era mais importante do que qualquer coisa que podia ser feita pelos já crescidos. Acontece que Jessie e Bluebell pariram suas crias logo depois da colheita de feno, dando à luz nove filhotinhos parrudos no total. Assim que desmamaram, Napoleão tirou-os de suas mães, dizendo que, de agora em diante, seria responsável pela educação deles. Levou-os até um sótão que só podia ser acessado por uma escada da sala de arreios, e lá foram mantidos em tamanho isolamento que o resto da fazenda logo se esqueceu da existência deles.

O mistério de onde tinha ido parar o leite logo foi esclarecido: era misturado todos os dias na lavagem dos porcos. As primeiras maçãs já estavam muito amadurecidas, e a grama do pomar estava coberta pelas frutas caídas. Como era de se esperar, os animais presumiram que tais frutas seriam compartilhadas igualmente; porém, certo dia, a ordem estipulada foi a de que todas as frutas caídas deveriam ser coletadas e levadas à sala de arreios para uso dos porcos. Diante disso, alguns animais ficaram incomodados, mas de nada adiantou. Todos os porcos estavam em pleno acordo nesse sentido, até mesmo Bola de Neve e Napoleão. Squealer foi convocado para fazer as explicações necessárias aos outros.

— Camaradas! — gritou ele. — Espero que não pensem que nós, porcos, estejamos fazendo isso com um espírito de egoísmo e privilégio, certo? Na verdade, muitos de nós nem sequer gostamos de leite e maçãs. Eu mesmo não gosto de nenhum dos dois. Nosso único objetivo com isso foi preservar nossa saúde. Leite e maçãs (isso foi comprovado pela ciência, camaradas) contêm substâncias absolutamente necessárias para o bem-estar de um porco. Nós porcos trabalhamos com nosso cérebro. Todo o gerenciamento e organização desta fazenda depende de nós. Dia e noite estamos preocupados com a prosperidade de vocês. É para o bem de vocês que bebemos aquele leite e comemos aquelas maçãs. Sabem o que aconteceria se nós porcos fracassássemos em nossas tarefas? Jones voltaria para cá! Sim, Jones voltaria! Sem dúvidas, camaradas — gritou Squealer, quase em tom de súplica, pulando de um lado para o outro e sacudindo a cauda —, estou certo de que nenhum de vocês iria querer ver Jones de volta, não é mesmo?

Se havia uma coisa na qual todos os animais concordavam, era que não queriam Jones de volta. Quando tal perspectiva foi trazida à tona, a discussão acabou no mesmo instante. A importância de manter os porcos saudáveis ficou bastante óbvia. Com isso, ficou acertado, sem mais oposições, que o leite e as maçãs que caíssem (e também a colheita de maçãs, quando amadurecessem) ficariam reservados apenas para os porcos.

CAPÍTULO 4

No fim do verão, as notícias do que acontecera na Fazenda dos Bichos tinham se espalhado por metade do condado. Todos os dias, Bola de Neve e Napoleão enviavam esquadrilhas de pombos cujas instruções eram socializar com os animais das fazendas vizinhas, contar-lhes a história da Rebelião e ensinar-lhes a música "Bestas da Inglaterra".

A maior parte desse tempo, o Sr. Jones passou sentado no balcão do bar Red Lion, em Willingdon, reclamando para qualquer um que quisesse ouvir sobre a enorme injustiça que sofrera ao ser expulso de sua propriedade por um bando de animais inúteis. Em princípio, os outros fazendeiros se compadeceram da situação, mas não puderam fazer muita coisa pelo homem. No fundo, cada um deles pensava consigo próprio se não podia tirar algum tipo de vantagem do infortúnio de Jones. Para a sorte de Jones, os proprietários das duas fazendas vizinhas à Fazenda dos Bichos estavam, permanentemente, em péssimas condições. Uma delas, chamada de Foxwood, era uma fazenda grande, antiga e negligenciada, cheia de mato por conta da área florestal, com todas as pastagens largadas ao acaso e com as cercas numa situação vergonhosa. Seu proprietário, o Sr. Pilkington, era um nobre fazendeiro sem preocupações que passava a maior parte do tempo pescando ou caçando, dependendo da temporada. A outra fazenda, que era chamada de Pinchfield, era menor e mais bem cuidada. O proprietário era o Sr. Frederick, um homem sagaz e durão, quase sempre envolvido em processos judiciais e com fama de sempre brigar por uma boa pechincha. Os dois se detestavam tanto que era difícil para eles chegarem a algum entendimento, mesmo que fosse em defesa dos próprios interesses.

Não obstante, ambos ficaram completamente apavorados com a tal Rebelião na Fazenda dos Bichos, e estavam bastante apreensivos com o fato de que seus animais pudessem ficar sabendo do ocorrido. No início, fingiam rir para zombar da noção de animais comandando uma fazenda por conta própria. Aquela história toda acabaria em questão de duas semanas, eles diziam. Disseminavam a ideia de que os animais da Fazenda Solar (eles insistiam em chamá-la de Fazenda Solar; não toleravam o nome "Fazenda dos Bichos") estavam sempre brigando entre si e, rapidamente, morreriam de fome. Depois que o tempo passou e os animais claramente não morreram de fome, Frederick e Pilkington mudaram o discurso e começaram a falar da terrível maldade que agora florescia na Fazenda dos Bichos. Espalharam que os animais lá praticavam canibalismo, torturavam uns aos outros com ferraduras em brasa e as fêmeas ficavam sempre à disposição dos machos. Isso é o que dava rebelar-se contra as leis da natureza, diziam Frederick e Pilkington.

Contudo, nunca acreditaram plenamente em suas histórias. Rumores de uma linda fazenda, onde os seres humanos foram expulsos e os animais cuidavam de si próprios, continuaram circulando de forma vaga e distorcida, e no decorrer daquele ano uma onda de rebeldia percorreu todo o interior. Touros que sempre foram amigáveis de repente começaram a apresentar comportamento selvagem; ovelhas arrebentavam as cercas vivas e devoravam os dentes-de-leão; vacas chutavam os baldes para longe; cavalos recusavam-se a pular obstáculos, lançando os cavaleiros para o outro lado. Mais importante de tudo, a melodia e até a letra de "Bestas da Inglaterra" eram conhecidas em todos os lugares, espalhando-se com rapidez impressionante. Os seres humanos não conseguiam conter sua raiva quando ouviam a canção, embora fingissem achá-la simplesmente ridícula. Segundo eles, não entendiam como até mesmo animais cantavam essa porcaria desprezível. Qualquer animal pego cantando essa música recebia uma surra na mesma hora. Mesmo assim, eles não se continham. Os melros-pretos assobiavam a melodia nas cercas vivas, os pombos arrulhavam-na nos olmos; havia sido incorporada aos barulhos das oficinas de ferreiros e no badalar dos sinos da igreja. E quando os seres humanos a ouviam, secretamente tremiam de medo, ouvindo nas notas daquela melodia a profecia de sua futura ruína.

No início de outubro, após o milho ter sido cortado e empilhado — parte da colheita já tinha sido até debulhada —, um bando de pombos veio rodopiando pelo ar e pousou no jardim da Fazenda dos Bichos, demonstrando enorme agitação. Jones, acompanhado de seus empregados, e mais meia dúzia de homens das fazendas Foxwood e Pinchfield, arrebentaram a porteira para adentrar na propriedade, seguindo pela trilha que levava à sede. Todos empunhavam pedaços de pau, exceto Jones, que marchava com uma arma nas mãos. Certamente tinham a intenção de reconquistar a fazenda.

Há muito tempo esperavam que isso iria acontecer, então deixaram tudo preparado. Bola de Neve, que estudou um livro velho encontrado na sede da fazenda sobre as campanhas de Júlio César, ficara responsável pelas operações defensivas. Sem perder tempo, deu algumas ordens e, em questão de minutos, todos os animais estavam em seus postos.

Conforme os seres humanos se aproximaram das edificações da fazenda, Bola de Neve lançou seu primeiro ataque. Todos os trinta e cinco pombos começaram a voar de um lado para o outro e defecar sobre as cabeças dos homens; e, enquanto os homens tentavam se proteger da incursão aérea, os gansos lançaram-se ao ataque, saindo de trás das cercas vivas onde se escondiam, para bicar-lhes violentamente as panturrilhas. No entanto, essa foi apenas uma leve manobra de escaramuça, visando criar um pequeno transtorno, então os homens facilmente afastaram os gansos com suas varas. Bola de Neve, agora, deu início à segunda linha de ataque. Muriel, Benjamin e todas as ovelhas, sob o comando de Bola de Neve, partiram com cabeçadas e chifradas para cima dos homens por todos os lados, ao passo que Benjamin virou-se de costas e lascou-lhes coices com seus pequenos cascos. Porém, mais uma vez, os homens, munidos de seus porretes e botas com pregos, eram fortes demais para eles; e de repente, com um forte ganido de Bola de Neve, que era o sinal para recuar, todos os animais deram meia-volta e fugiram para o jardim.

Os homens deram um grito de triunfo. Vendo seus inimigos numa aparente fuga, partiram desembestados atrás dos animais. E isso era exatamente o que Bola de Neve tinha planejado. Assim que chegaram ao meio do jardim, os três cavalos, as três vacas e o restante dos porcos, que armavam uma emboscada no estábulo, de repente emergiram pela retaguarda, cercando os homens. Bola de Neve, então, deu o sinal para a investida e partiu para cima de Jones. Ao ver o porco vindo em sua direção, Jones apontou a arma e disparou. Os projéteis fizeram jorrar sangue das costas de Bola de Neve, e uma ovelha caiu morta. Sem nem pestanejar, Bola de Neve, com suas sete arrobas, atirou-se contra as pernas de Jones, que foi jogado sobre uma pilha de esterco e deixou a arma cair de suas mãos. Mas o espetáculo mais aterrorizante de todos foi ver Boxer empinando-se sobre as patas traseiras e atacando-os como um garanhão, com seus grandes cascos cobertos por ferraduras. O primeiro golpe acertou o crânio de um dos tratadores da fazenda Foxwood, estirando-o na lama já sem vida. Diante disso, vários homens largaram seus paus e tentaram escapar. O pânico se estabeleceu entre eles, e, logo em seguida, os animais começaram a persegui-los em torno do jardim. Foram perfurados com chifres, escoiceados, mordidos, pisoteados. Não houve sequer um animal da fazenda que não tivesse se vingado de seu agressor da maneira como podia. Até mesmo a gata, subitamente, deu um pulo do teto sobre os ombros do vaqueiro e cravou suas garras no pescoço dele, fazendo-o berrar de dor. Quando conseguiram avistar uma clareira, os homens aproveitaram a oportunidade e saíram correndo do jardim até a estrada principal. Assim, após cinco minutos de invasão, viram-se obrigados a recuar de forma humilhante pelo mesmo caminho que entraram, porém com um bando de gansos silvando atrás deles e bicando suas panturrilhas por todo o percurso.

Todos os homens fugiram, exceto um. Lá no jardim, Boxer cutucava com o casco o tratador, que estava de bruços e com o rosto na lama, tentando virá-lo para cima. O garoto não se mexia de jeito nenhum.

— Ele está morto — disse Boxer, em tom pesaroso. — Não era essa a minha intenção. Esqueci que eu estava com a ferradura. Quem acreditará que não fiz isso de propósito?

— Sem sentimentalismo, camarada! — gritou Bola de Neve, de cujos ferimentos o sangue ainda pingava. — Guerra é guerra. O único ser humano bom é um ser humano morto.

— Não tenho o desejo de tirar vidas, nem mesmo vidas humanas — repetiu Boxer, com os olhos cheios de lágrimas.

— Onde está Mollie? — alguém exclamou.

Mollie, realmente, não estava por perto. Por alguns instantes, houve um grande alvoroço; temeram que os homens pudessem tê-la ferido de alguma forma, ou mesmo a levado consigo. Contudo, por fim, encontraram-na escondida no estábulo, com a cabeça enterrada no feno de uma manjedoura. A égua havia fugido assim que ouviu os disparos da arma. E quando os outros voltaram para fora depois de procurá-la, também constataram que o tratador, o qual na verdade só estava atordoado, já tinha se recuperado e escapado.

Pouco depois, os animais se reagruparam bastante animados, cada um relembrando suas façanhas durante a batalha com gritos de empolgação. Uma comemoração improvisada da vitória foi organizada imediatamente. A bandeira foi hasteada e "Bestas da Inglaterra" foi cantada várias vezes seguidas; então a ovelha morta recebeu um funeral solene, tendo um arbusto de espinhos plantado sobre sua sepultura. Ao lado da cova, Bola de Neve fez um pequeno discurso, enfatizando a necessidade de todos os animais estarem prontos para morrer pela Fazenda dos Bichos, caso necessário.

Por unanimidade, os animais decidiram criar uma condecoração militar denominada "Ordem do Heroísmo Animal de Primeira Classe", que foi criada e conferida ali mesmo a Bola de Neve e Boxer. Consistia numa medalha de latão (em realidade, eram apenas alguns velhos distintivos de cavalo feitos de latão encontrados na sala de arreios) que deveria ser usada aos domingos e feriados. Havia também a "Ordem do Heroísmo Animal de Segunda Classe", que foi conferida à ovelha morta.

Houve grande discussão sobre qual deveria ser o nome daquela batalha. No fim, foi chamada de Batalha do Estábulo, já que a emboscada tinha sido originada ali. A arma do Sr. Jones fora encontrada na lama, e sabiam que havia um depósito de munição na sede da fazenda. Decidiram colocar a arma aos pés do mastro da bandeira, como uma peça de artilharia, e seria disparada duas vezes por ano — uma, no dia doze de outubro, aniversário da Batalha do Estábulo; outra, no Solstício de Verão, aniversário da Rebelião.

CAPÍTULO 5

À medida que o inverno se aproximava, Mollie ficava cada vez mais preocupada. Todas as manhãs, ela chegava atrasada para o trabalho e se desculpava dizendo que perdera a hora; também reclamava de dores misteriosas, embora seu apetite estivesse excelente. Sempre inventava pretextos com o intuito de fugir das suas obrigações e ir para o lago de água potável, onde ficava à toa contemplando o próprio reflexo na água. Mas também havia boatos de algo mais sério. Certo dia, enquanto Mollie passeava distraída pelo jardim, balançando seu longo rabo e mascando um talo de feno, Clover a puxou de lado e disse:

— Mollie, preciso falar uma coisa séria com você. Hoje de manhã, vi você olhando por cima da cerca entre a Fazenda dos Bichos e a Foxwood. Um dos homens do Sr. Pilkington estava de pé do outro lado da cerca. E posso estar errada, já que estava um tanto longe, mas tenho quase certeza de que você estava deixando que ele acariciasse seu focinho. O que isso significa, Mollie?

— Não foi nada disso! Não é verdade! — gritou Mollie, demonstrando inquietude ao bater as patas no chão.

— Mollie! Olhe nos meus olhos e diga: você me dá a sua palavra de honra de que aquele homem não estava acariciando seu focinho?

— Isso não é verdade! — repetiu Mollie, mas não conseguia olhar Clover nos olhos.

Em seguida, ela deu alguns trotes para trás e saiu galopando pelo campo aberto.

Então veio um pensamento à mente de Clover. Sem dizer nada aos outros, ela foi até a baia de Mollie e remexeu a palha com seu casco. Escondido sob a palha estava um montinho de torrões de açúcar e vários laços de diferentes cores.

Três dias depois, Mollie desapareceu. Durante algumas semanas, ninguém soube de seu paradeiro, mas, então, os pombos reportaram que a viram do outro lado de Willingdon. A égua estava entre os eixos de uma carruagem pintada de vermelho e preto, que estava do lado de fora de uma taberna. Um homem rechonchudo de rosto vermelho, com calças e polainas xadrez, que parecia um taverneiro, acariciava o focinho dela e a alimentava com torrões de açúcar. Seu pelo estava recém-aparado e ela exibia um laço escarlate na franja. Segundo os pombos, ela parecia estar gostando daquela situação. Nenhum dos animais voltou a mencionar o nome de Mollie.

Em janeiro, o inverno chegou com força. A terra encontrava-se dura como ferro, e nada podia ser feito nos campos. Muitas Assembleias eram feitas no grande celeiro, e os porcos cuidavam de planejar as tarefas da estação seguinte. Ficou acordado que os porcos, que obviamente eram mais inteligentes do que os outros animais, decidiriam todas as políticas da fazenda, embora suas decisões tivessem de ser ratificadas pelo sufrágio universal. Essa organização teria funcionado muito bem, se não fosse pelas disputas entre Bola de Neve e Napoleão. Os dois discordavam em todos os temas sobre os quais pudesse haver qualquer discórdia. Se um deles sugerisse aumentar a extensão da semeadura de cevada, era certo que o outro exigiria uma extensão de terra maior para semear aveia; se um deles dissesse que esta ou aquela área eram ótimas para plantar repolho, o outro afirmava que não prestavam para nada exceto raízes. Cada um tinha o seu próprio séquito, e quase sempre o debate ficava acalorado. Durante as Assembleias, Bola de Neve costumava conquistar a maioria em razão de sua incrível oratória, mas Napoleão era melhor na hora de angariar apoio nos intervalos, especialmente entre as ovelhas. Nos últimos tempos, as ovelhas adquiriram a mania de balir "quatro patas é bom, duas patas é ruim" nos momentos mais inusitados, de preferência interrompendo a Assembleia com esse tipo de manifestação. Começaram a notar que havia uma forte tendência de inserir o mote "quatro patas é bom, duas patas é ruim" nos momentos cruciais dos discursos de Bola de Neve. Ele estudara detidamente alguns volumes antigos da *Agricultores e Pecuaristas* que encontrara na sede da fazenda e estava cheio de planos para implementar inovações e melhorias. Falou com imensa propriedade sobre drenagem dos campos, silagem e adubação básica, e havia bolado um plano complexo para todos os animais depositarem suas fezes diretamente nos campos, cada dia num lugar diferente, para poupá-los desse trabalho de transporte.

Napoleão não tinha feito um plano concorrente, mas disse baixinho que aquela ideia do Bola de Neve não levaria a lugar nenhum, então esperou pela hora certa de se manifestar. Porém, de todos os desentendimentos entre os dois, nenhum foi tão exaltado quanto o que aconteceu perto do moinho.

Na longa pastagem, não muito longe das edificações, havia um pequeno monte de terra que era o ponto mais alto da fazenda. Depois de analisar o terreno, Bola de Neve anunciou que aquele era o lugar ideal para um moinho, que poderia ser construído para operar um dínamo e fornecer energia elétrica para a fazenda. Assim, além de proporcionar luz para as baias e aquecimento para quando chegasse o inverno, poderiam ativar uma serra circular, um debulhador automático, um cortador de beterrabas e uma máquina elétrica de ordenha. Os animais jamais tinham ouvido falar daquelas coisas (visto que a fazenda era bem rústica e possuía apenas maquinário primitivo), por isso ficaram admirados com as descrições feitas por Bola de Neve sobre tais máquinas fantásticas, que fariam boa parte de seu trabalho enquanto eles passariam mais tempo nos pastos ou aprimorando suas mentes com leitura e conversação.

Em questão de poucas semanas, o projeto do moinho do Bola de Neve estava concluído. Os detalhes mecânicos vieram, na maior parte, de três livros que pertenciam ao Sr. Jones — *Mil coisas úteis para fazer em casa*, *O homem é seu próprio pedreiro* e *Elétrica para iniciantes*. Bola de Neve fez seu escritório num galpão que era usado para incubadoras e tinha um piso de tábua corrida bastante plano, ótimo para desenhar.

Ele ficava trancado lá durante horas. Deixando os livros abertos com a ajuda de uma pedra, e com um pedaço de giz encaixado entre os cascos da pata dianteira, ele fazia movimentos rápidos de um lado para o outro, desenhando linha após linha e dando pequenos gemidos de empolgação. Pouco a pouco, o projeto foi se transformando num arranjo complexo de manivelas e engrenagens, estendendo-se por mais da metade do piso, o que os outros animais achavam completamente ininteligível, mas muito impressionante. Pelo menos uma vez por dia, todos iam até o local para admirar os desenhos de Bola de Neve. Até mesmo as galinhas e patos queriam dar uma olhada, embora sofressem um pouco para não pisar nas riscas de giz. Apenas Napoleão se mantinha indiferente, pois desde o início foi contrário à construção do moinho. Contudo, certo dia, ele chegou inesperadamente para analisar aquele projeto. Andou a passos duros pelo galpão, observou atentamente cada detalhe do esquema, fungou sobre o desenho uma ou duas vezes e, então, ficou parado por um tempo, contemplando tudo de soslaio; logo em seguida, ergueu uma perna, urinou sobre o projeto e saiu de lá sem dizer uma palavra.

Todos os integrantes da fazenda estavam profundamente divididos sobre essa história do moinho. Bola de Neve não negou que construí-lo seria uma tarefa bastante árdua. Pedras teriam de ser transportadas e empilhadas para formar as paredes; depois teriam de ser feitas as pás e, por fim, seriam necessários dínamos e cabos. (Como conseguiriam arranjar essas coisas, Bola de Neve não sabia responder.) Mas ele sustentava que poderia ser feito no prazo de um ano. E, segundo falou, futuramente, tanto trabalho seria poupado que os animais precisariam trabalhar somente três dias por semana. Napoleão, por outro lado, sustentava que a maior necessidade do momento era aumentar a produção de alimentos e que, se perdessem tempo no moinho, todos morreriam de fome. Os animais se organizaram em duas facções sob os lemas: "Vote em Bola de Neve pela semana de três dias" e "Vote em Napoleão pela barriga sempre cheia". Benjamin foi o único animal que não escolheu nenhum lado. Ele se recusava a acreditar que haveria mais comida, mas também não achava que o moinho economizaria trabalho. Com ou sem moinho, dizia ele, a vida continuaria do mesmo jeito que sempre foi — ou seja, péssima.

Sem contar os embates por causa do moinho, havia a questão da defesa da fazenda. Não havia nenhum animal que não estivesse consciente de que, apesar da derrota sofrida na Batalha do Estábulo, os seres humanos poderiam realizar outra tentativa muito mais incisiva de reconquista da fazenda e reintegração do Sr. Jones. E tinham motivos para tal, porque a notícia da derrota dos homens havia-se espalhado por todo o interior, estimulando os animais das fazendas vizinhas a ficarem mais agitados do que nunca. Como era de costume, Bola de Neve e Napoleão não chegavam a um acordo. Para Napoleão, os animais tinham de arranjar armas de fogo e treinar para utilizá-las. Porém, segundo Bola de Neve, eles precisavam mandar mais e mais pombos para promover uma rebelião entre os animais das outras fazendas. O primeiro afirmava que, se não soubessem se defender, estariam fadados a serem conquistados; o outro defendia que, se as rebeliões ocorressem em todos os lugares, não seria mais necessário se preocupar com a defesa. Os animais primeiro davam ouvidos a Napoleão, depois a Bola de Neve, e não conseguiam decidir qual dos dois tinha razão; na verdade, eles sempre concordavam com o orador da vez.

Enfim, chegou o dia em que os planos de Bola de Neve foram concluídos. Na Assembleia do domingo seguinte, a questão sobre se começariam ou não os trabalhos do moinho foi aberta para votação. Quando os animais se reuniram no grande celeiro, Bola de Neve ficou de pé e, apesar de ser esporadicamente interrompido pelo balido das ovelhas, expôs seus motivos para defender a construção do moinho. Depois, Napoleão ergueu-se para contra-argumentar. Disse com tom de voz moderado que o moinho não fazia sentido e que não aconselhava ninguém a votar na chapa favorável, e rapidamente sentou-se de novo; falou por pouco menos de meio minuto, indiferente quanto ao efeito produzido. Nesse instante, Bola de Neve colocou-se de pé — superando o volume do coro das ovelhas, que tinham começado a balir novamente — e fez um inflamado discurso para enaltecer as vantagens de terem um moinho. Até aquele momento, os animais estavam igualmente divididos em suas preferências, mas a eloquência de Bola de Neve convenceu toda a plateia. Com frases rebuscadas, ele pintou uma imagem de como seria a Fazenda dos Bichos quando o trabalho sórdido fosse retirado das costas dos animais. A imaginação dele tinha ultrapassado os limites das colheitadeiras e cortadores de raízes. Eletricidade, dizia ele, podia colocar em operação máquinas de debulhar, arados, relhas, rolos compressores, ceifadores e fardadores, além de fornecer luz elétrica para cada estábulo, água quente e fria e um aquecedor elétrico. Assim que terminou de falar, não havia dúvidas de para quem iriam os votos do dia. Porém, bem naquela hora, Napoleão se levantou e, olhando de soslaio para Bola de Neve de forma muito peculiar, soltou um gemido extremamente agudo, de um jeito que ninguém nunca tinha ouvido.

Nisso, ouviu-se um terrível alarido vindo do lado de fora, e nove enormes cães usando coleiras com detalhes na cor bronze chegaram saltitando ao celeiro. Eles foram direto para cima de Bola de Neve, que deu um pulo e escapou por um triz da abocanhada de um deles. Em questão de segundos, o porco já estava fora da porta e os carnívoros corriam atrás dele. Estupefatos e amedrontados demais para falar, todos os animais se amontoaram na porta para assistir à perseguição. Bola de Neve atravessou às pressas toda a pastagem que levava à estrada principal. Corria como só um porco consegue correr, mas os cães estavam bem na sua cola. De repente ele escorregou, e ficou a impressão de que seria devorado. Conseguiu levantar-se de novo, correndo mais rápido que nunca, mas os cachorros começaram a alcançá-lo novamente. Um deles chegou tão perto que quase abocanhou o rabo de Bola de Neve, mas este foi capaz de se livrar da mordida a tempo. Então, tirando forças de onde já não tinha, deu uma acelerada final e, por coisa de centímetros, conseguiu escapar por um vão na cerca viva e não voltou a ser visto.

Assustados e em absoluto silêncio, os animais retornaram lentamente ao celeiro. Em seguida, os cães voltaram saltitando. A princípio, ninguém foi capaz de imaginar de onde tinham surgido tais criaturas, mas a dúvida foi logo solucionada: aqueles eram os filhotinhos que Napoleão tirara de suas mães e criara por conta própria. Embora ainda não fossem adultos, eram cães enormes e de aparência feroz como lobos. Eles não desgrudavam de Napoleão. Notaram também que abanavam o rabo para ele assim como os outros cães costumavam fazer diante do Sr. Jones.

Napoleão, acompanhado de perto por seus cães, dirigiu-se ao tablado do celeiro onde o Major havia proferido seu discurso. Anunciou que, dali em diante, as Assembleias dos domingos pela manhã estavam canceladas. Segundo disse, elas eram desnecessárias e uma perda de tempo. A partir daquele momento, todas as questões relacionadas ao trabalho na fazenda seriam resolvidas por um comitê de porcos presidido por ele. Esse conselho se reuniria em privado e, posteriormente, transmitiria as decisões para os outros. Os animais ainda se encontrariam aos domingos pela manhã a fim de saudar a bandeira, cantar "Bestas da Inglaterra" e receber as ordens da semana; mas não haveria mais debates.

Apesar do choque resultante da expulsão de Bola de Neve, os animais ficaram consternados por aquele comunicado. Muitos teriam protestado, se fossem capazes de fundamentar suas reclamações. Até mesmo Boxer ficou levemente conturbado. Virou as orelhas para trás, balançou a franja várias vezes e fez força para organizar os pensamentos; mas, por fim, não conseguiu pensar em nada que refutasse a decisão. No entanto, alguns dos porcos eram mais articulados. Quatro jovens cerdos na fileira da frente desaprovaram a iniciativa com ganidos estridentes, então todos se levantaram e começaram a falar ao mesmo tempo. De repente, os cães que estavam sentados ao redor de Napoleão emitiram rosnados profundos e ameaçadores, fazendo com que os porcos ficassem em silêncio e se sentassem novamente. Então as ovelhas irromperam num tremendo coro de balidos com o lema "Quatro patas é bom, duas patas é ruim!", que seguiu por quase quinze minutos e pôs um fim em qualquer chance de discussão.

Depois disso, Squealer foi enviado para explicar aos outros integrantes da fazenda as novas diretrizes.

— Camaradas — disse ele —, tenho certeza de que todos aqui apreciam o sacrifício feito pelo Camarada Napoleão de avocar para si essa árdua tarefa. Não pensem, camaradas, que é divertido ser líder! Muito pelo contrário, é uma responsabilidade enorme e penosa. Ninguém acredita mais na igualdade entre os animais do que o Camarada Napoleão. Seria ótimo para ele deixar que tomassem suas decisões por conta própria. Mas, se acabassem tomando as decisões erradas, camaradas, aonde isso nos levaria? Imaginem se tivessem resolvido seguir Bola de Neve, com aquela bobagem de moinhos? Justo o Bola de Neve, que, como agora sabemos, não era nada além de um criminoso?

— Ele lutou bravamente na Batalha do Estábulo — alguém disse.

— Bravura não é o bastante — disse Squealer. — Lealdade e obediência são mais importantes. E quanto à Batalha do Estábulo, acredito que com o tempo vamos descobrir que a participação de Bola de Neve foi um bocado exagerada. Disciplina, camaradas, disciplina pura! Esse é o lema de hoje em diante! Um passo em falso, e nossos inimigos voltarão a nos subjugar. Camaradas, acho que nenhum de vocês quer Jones de volta, certo?

Mais uma vez, tal argumento foi incontestável. Sem dúvida, os animais não queriam Jones de volta; se a manutenção dos debates nas manhãs de domingo pudesse trazê-lo de volta, então os debates tinham de acabar. Boxer, que naquele ponto conseguira refletir sobre os acontecimentos, expressou o sentimento geral ao dizer: "Se o Camarada Napoleão disse, está falado". E dali em diante, ele adotou a máxima "Napoleão está sempre certo", além de seu lema pessoal: "Vou me esforçar mais".

A essa altura, o tempo havia melhorado bastante, então começaram a preparar a terra para a primavera. O galpão onde Bola de Neve havia desenhado seus planos do moinho fora fechado e imaginava-se que os planos teriam sido apagados do chão. Todo domingo, às dez da manhã, os animais compareciam ao grande celeiro para receber as ordens da semana. O crânio do Velho Major, agora livre de toda carne, fora desenterrado do pomar e colocado sobre um toco de árvore aos pés do mastro, ao lado da arma. Após o hasteamento da bandeira, passou a ser exigido que os animais formassem uma fila em frente ao crânio e se curvassem perante ele antes de entrar no celeiro. Agora, eles não mais se sentavam todos juntos, como era feito no passado. Napoleão, ao lado de Squealer e outro porco chamado Minimus, que tinha um dom incrível para compor músicas e poemas, sentava-se na parte frontal da plataforma, acompanhado pelos nove jovens cães, que formavam um semicírculo em torno deles e de outros porcos sentados atrás. O restante dos animais se sentava de frente para eles, na parte central do celeiro. Napoleão lia as ordens da semana com um tom ríspido e militaresco; logo após "Bestas da Inglaterra" ser cantada apenas uma vez, todos os animais se dispersavam.

No terceiro domingo após a expulsão de Bola de Neve, os animais ficaram surpresos ao ouvir Napoleão anunciar que, por fim, o moinho seria construído. O porco não deu maiores explicações para ter mudado de ideia, tão somente alertando os animais de que essa tarefa exigiria ainda mais dedicação de todos, talvez sendo necessário reduzir suas rações. Contudo, os planos tinham sido elaborados nos mínimos detalhes. Uma comissão especial de porcos tinha trabalhado no projeto nas últimas três semanas. A construção do moinho, com várias outras melhorias, tinha a previsão de levar dois anos para ficar pronta.

Naquela noite, Squealer explicou reservadamente aos outros animais que Napoleão, na verdade, nunca se opusera ao moinho. Pelo contrário, fora ele quem primeiro defendera o projeto; inclusive, o plano que Bola de Neve tinha desenhado no chão do galpão da incubadora tinha sido roubado de Napoleão. O moinho, na verdade, era uma criação do próprio Napoleão. Por que, então, alguém perguntou, ele combatia a ideia com tamanha veemência? Nesse momento, Squealer deu um sorriso malicioso. Essa, disse ele, foi a grande sacada do Camarada Napoleão. Ele DERA A ENTENDER que se opunha ao moinho como uma simples distração para conseguir se livrar de Bola de Neve, que era uma figura perigosa e péssima influência. Agora que Bola de Neve estava fora do caminho, o plano prosseguiria sem aquela interferência. Como Squealer explicou, isso tinha o nome de tática. Ele repetiu várias vezes; "Tática, camaradas, tática!", andando de um lado para o outro, balançando o rabo e rindo feliz da vida. Os animais não entenderam bem o significado da palavra, mas Squealer foi tão convicto em sua fala, e os três cães que o acompanhavam rosnavam de forma tão apavorante, que eles aceitaram tal explicação sem mais perguntas.

CAPÍTULO 6

Ao longo de todo aquele ano, os animais trabalharam como escravos. Mas estavam felizes com sua atividade; não reclamavam de tanto esforço ou sacrifício, plenamente conscientes de que tudo seria revertido para o bem deles próprios e das futuras gerações de sua espécie, e não para beneficiar os seres humanos preguiçosos e ladrões.

Durante a primavera e o verão, trabalharam sessenta horas por semana e, em agosto, Napoleão anunciou que também trabalhariam nos domingos à tarde. Esse trabalho era estritamente voluntário, mas qualquer animal que se ausentasse teria suas rações reduzidas pela metade. Mesmo assim, era necessário deixar certas tarefas por fazer. A colheita foi um pouco pior do que no ano anterior; dois campos, onde deveriam ter plantado tubérculos no início do verão, não foram semeados porque o cultivo não foi concluído cedo o bastante. Era possível prever que o próximo inverno seria bem difícil.

O moinho apresentou obstáculos com os quais eles não contavam. Havia uma pedreira de calcário na fazenda, sem falar que areia e cimento foram encontrados em abundância num dos depósitos, portanto todos os materiais para a construção estavam garantidos. Mas o problema que os animais não conseguiam solucionar a princípio era como partir as pedras nos tamanhos adequados. Aparentemente, não havia outra forma de fazê-lo a não ser com picaretas e pés de cabra, as quais nenhum animal era capaz de manusear, pois nenhum animal podia se equilibrar nas patas traseiras. Somente após semanas de esforços em vão que tiveram uma boa ideia: utilizar a força da gravidade. Rochas imensas, grandes demais para serem usadas no tamanho natural, encontravam-se na base da pedreira. Os animais amarraram cordas em torno das pedras e, depois, todos juntos — vacas, cavalos, ovelhas e todos que conseguissem segurar a corda, inclusive os porcos, que ajudavam em momentos críticos — arrastaram-nas morro acima, com lentidão desesperadora, até o topo da pedreira, de onde eram atiradas para que se estilhaçassem lá embaixo. Transportar a rocha uma vez que ela estava despedaçada era comparativamente fácil. Os cavalos carregavam vários pedaços em carruagens; as ovelhas arrastavam blocos únicos; até mesmo Muriel e Benjamin se atrelavam a uma antiga charrete pequena e faziam sua parte. No fim do verão, acumularam um estoque suficiente de pedras, e só então começou a construção sob a supervisão dos porcos.

Todavia, era um processo lento e cansativo. Não raro, era preciso um dia inteiro de exaustão para arrastar uma única rocha ao topo da pedreira, e algumas vezes não chegavam a quebrar depois de serem empurradas do precipício. Nada teria sido alcançado se não fosse pelo Boxer, cuja força parecia igualar à de todos os animais juntos. Quando a rocha começava a escorregar, e os animais gritavam desesperados pois seriam arrastados colina abaixo, era sempre Boxer que fazia a maior força contra a corda e impedia a queda da pedra. Vê-lo dando o máximo de si naquela encosta, subindo centímetro por centímetro, respiração a mil por hora, as pontas dos cascos cravadas onde dava, as laterais do tronco cobertas de suor, enchia todos de admiração. De vez em quando, Clover o precavia para que não exagerasse, mas Boxer não dava ouvidos a ela. Os dois lemas que repetia para si mesmo — "vou me esforçar mais" e "Napoleão está sempre certo" — pareciam ser a única resposta para todos os seus problemas. Ele tinha combinado com o galo mais jovem para chamá-lo quarenta e cinco minutos mais cedo todas as manhãs, em vez de meia hora. E em seus momentos de descanso, que não eram muitos ultimamente, ele ia sozinho até a pedreira, recolhia um bocado de pedras quebradas e as arrastava sem nenhuma ajuda até o local onde ficaria o moinho.

Os animais não estavam em condições tão ruins naquele verão, apesar da dificuldade do trabalho. Embora não tivessem mais comida do que nos tempos de Jones, pelo menos não tinham menos. Ainda assim, era mais vantajoso terem de sustentar apenas a si próprios sem precisar se preocupar com cinco seres humanos extravagantes — para superar aquela época, seriam necessários muitos fracassos seguidos. E, sob muitos aspectos, o método animal de fazer as coisas era mais eficiente e poupava esforços. Trabalhos simples, como tirar ervas daninhas, podiam ser realizados com uma precisão impossível para os seres humanos. Além de que, pelo fato de não haver mais roubos, era desnecessário ficar delimitando o pasto e o terreno cultivável, reduzindo muito os esforços para a manutenção de cercas vivas e porteiras. Não obstante, conforme o verão avançava, vários problemas de escassez, antes inimagináveis, começaram a ser sentidos. Havia necessidade de óleo de parafina, pregos, cordas, biscoitos para cachorro e ferro para as ferraduras dos cavalos, porém nada disso podia ser produzido na fazenda. Algum tempo depois, sementes e adubo artificial passou a ser necessário, além de diversas ferramentas e do maquinário para o moinho. Como essas coisas seriam obtidas, ninguém era capaz nem de imaginar.

Certa manhã de domingo, quando os animais se reuniram para receber as ordens, Napoleão anunciou que tinha resolvido adotar uma nova política. Dali para frente, a Fazenda dos Bichos passaria a comercializar com as fazendas vizinhas: é claro, sem a intenção de auferir lucros, mas apenas com o intuito de obter certos materiais extremamente necessários. As necessidades do moinho deveriam prevalecer sobre todas as outras, disse ele. Por esse motivo, ele estava em negociações para vender um lote de feno e parte da colheita de trigo do ano corrente; posteriormente, se fosse preciso mais dinheiro, complementariam com a venda de ovos, a ser realizada no mercado de Willingdon. As galinhas, disse Napoleão, deveriam abraçar tal sacrifício, que só elas poderiam fazer, como uma contribuição especial para a construção do moinho.

Mais uma vez, os animais ficaram com uma vaga sensação de inquietude. Nunca ter qualquer tipo de relação com seres humanos, nunca realizar comércio, nunca fazer uso de dinheiro — não foram essas as resoluções aprovadas logo na primeira Assembleia triunfal, após a expulsão de Jones? Todos os animais se lembravam de tais resoluções: ou, pelo menos, achavam que se lembravam delas. Os quatro jovens porcos que protestaram quando Napoleão aboliu as Assembleias levantaram as vozes timidamente, mas de imediato foram silenciados por um profundo rosnado dos cães. Então, como sempre, as ovelhas interviram com as palavras de ordem "quatro patas é bom, duas patas é ruim!", e o constrangimento passageiro foi aliviado. Enfim, Napoleão ergueu a pata dianteira pedindo silêncio e comunicou que já tinha tomado todas as providências. Não haveria a necessidade de nenhum animal entrar em contato com seres humanos, o que claramente ninguém iria querer. Seu objetivo era que o enorme fardo imbuído nessa tarefa recaísse sobre seus ombros. Um tal de Sr. Whymper, um vendedor residente em Willingdon, concordara em atuar como intermediário entre a Fazenda dos Bichos e o mundo externo, portanto visitaria a fazenda toda segunda-feira de manhã para receber suas instruções. Napoleão finalizou seu discurso com o habitual grito de "Vida Longa à Fazenda dos Bichos!" e, após cantarem "Bestas da Inglaterra", os animais foram dispensados.

Depois da reunião, Squealer fez sua ronda e acalmou os ânimos dos outros bichos. Garantiu-lhes que a resolução contra o envolvimento em negociações e o uso de dinheiro jamais tinha sido aprovada, tampouco sugerida. Foi pura imaginação, provavelmente originada das mentiras que Bola de Neve fazia circular. Alguns animais ainda ficaram levemente desconfiados, mas Squealer perguntou-lhes de forma sagaz:

— Vocês têm certeza de que não é algo com que sonharam, camaradas? Vocês têm algum registro de uma resolução desse tipo? Está escrito em algum lugar?

E como era praticamente certo não haver nenhum registro escrito daquelas coisas, os animais aquiesceram ao fato de que tudo não tinha passado de um grande mal-entendido.

Todas as segundas-feiras, o Sr. Whymper fazia uma visita à fazenda, como tinha sido combinado. Era um homem baixo que ostentava costeletas e tinha uma aparência insidiosa; um vendedor de pequeno porte, mas esperto o bastante para perceber antes de todo mundo que a Fazenda dos Bichos precisaria de um representante comercial, e que as comissões valeriam muito a pena. Os animais o observavam entrando e saindo tomados de certo pânico, então o evitavam ao máximo. Ainda assim, ver Napoleão, apoiado nas quatro patas, dando ordens a Whymper, de pé sobre duas patas (ou pernas), provocava uma sensação de orgulho neles e, em parte, ajudou a se sentirem resignados ao novo acordo. Agora, as relações com a raça humana não eram bem as mesmas de antes. Os seres humanos não deixaram de odiar a Fazenda dos Bichos agora que prosperava: eles a detestavam ainda mais, diga-se de passagem. Todo ser humano acreditava piamente que a fazenda, mais cedo ou mais tarde, iria à falência, e, acima de tudo, que o moinho seria um enorme fracasso. Realizavam encontros nas tavernas para mostrar uns aos outros diversas evidências de que o moinho estava fadado à ruína, ou que, se chegasse a ficar pronto, nunca iria funcionar. Mesmo assim, contra a vontade de todos, passaram a ter certo respeito pela eficiência com que os animais gerenciavam suas atividades. O primeiro sintoma disso foi que começaram a chamar a Fazenda dos Bichos pelo novo nome, parando de fingir que ela ainda se chamava Fazenda Solar. Também deixaram de defender a causa de Jones, o qual havia perdido as esperanças de recuperar a fazenda e se mudara para outra região do condado. Até aquele momento, exceto por Whymper, não havia contato entre a Fazenda dos Bichos e o mundo externo, mas corria à boca miúda que Napoleão estava prestes a fechar um grande acordo comercial com o Sr. Pilkington, da fazenda Foxwood, ou com o Sr. Frederick, da Pinchfield — mas, segundo diziam, jamais com as duas simultaneamente.

Foi mais ou menos nesse período que os porcos, de repente, resolveram se mudar para a sede da fazenda e estabelecer sua residência lá. Novamente os animais tiveram a impressão de lembrar que uma resolução contra isso tinha sido aprovada na fase inicial, e novamente Squealer foi capaz de convencê-los de que esse não era o caso. Segundo disse, era absolutamente necessário para os porcos, que eram as cabeças pensantes da fazenda, ter um lugar tranquilo para trabalhar. Também era mais apropriado para a dignidade do Líder (aliás, ultimamente ele tinha começado a chamar Napoleão pela alcunha de "Líder") viver numa casa decente em vez de num mero chiqueiro. Entretanto, alguns animais ficaram incomodados quando souberam que os porcos não só estavam utilizando a cozinha para fazer suas refeições e a sala de estar como um local de lazer, bem como dormiam nas camas. Boxer agiu como se nada tivesse acontecido, com o seu "Napoleão está sempre certo!", mas Clover, que tinha quase certeza de se lembrar de uma regra contra camas, dirigiu-se ao fim do celeiro e tentou decifrar os Sete Mandamentos que estavam inscritos na parede. Vendo-se incapaz de ler mais do que uma letra por vez, pediu a ajuda de Muriel.

— Muriel — disse ela —, leia para mim o Quarto Mandamento. Não diz alguma coisa sobre nunca dormir numa cama?

Apesar da dificuldade, Muriel finalmente conseguiu desvendar a inscrição, anunciando-a em voz alta:

— Diz aqui: "Nenhum animal dormirá numa cama com lençóis".

Curiosamente, Clover não se lembrava de que o Quarto Mandamento mencionava lençóis; mas já que estava escrito na parede, devia ser isso mesmo. E Squealer, que por acaso estava passando por ali naquele instante, acompanhado por dois ou três cães, foi capaz de colocar todo aquele problema em sua própria perspectiva.

— Quer dizer que ficaram sabendo, camaradas — disse ele —, que nós porcos agora dormimos nas camas da sede da fazenda? E por que não? Vocês acharam mesmo que havia uma regra contra camas? Uma cama significa apenas um lugar para dormir. Um montinho de palha numa baia é uma cama, se pensar bem. A regra era contra lençóis, que são uma invenção humana. Nós removemos os lençóis das camas da sede e dormimos debaixo de cobertores. Claro que são bastante confortáveis! Mas não mais confortáveis do que precisamos, isso eu posso lhes dizer, camaradas, visto o enorme esforço mental que temos de realizar hoje em dia. Vocês não iriam nos privar de nosso repouso, não é mesmo, camaradas? Vocês não iriam querer que ficássemos cansados demais para nossas tarefas? Tenho certeza de que nenhum de vocês deseja o retorno de Jones, não é?

Imediatamente, os animais o tranquilizaram nessa questão, e nada mais foi dito a respeito dos porcos dormindo nas camas da sede da fazenda. E quando, após alguns dias, foi anunciado que dali por diante os porcos levantariam uma hora mais tarde do que os outros animais, assim como antes, nenhuma reclamação foi suscitada.

No outono, os animais estavam cansados, mas felizes. Tiveram um ano complicado e, após a venda de parte do feno e do milho, os estoques de comida para o inverno não estavam muito fartos, mas o moinho compensou tudo. A construção dele já estava na metade. Depois da colheita, houve um período de tempo seco e quente, e os animais trabalhavam mais duro do que nunca, pensando que, se fosse para levantar mais meio metro de paredes internas do moinho, valia a pena ficar se arrastando com blocos de pedra ao longo do dia. Boxer chegava a levantar durante a noite para trabalhar durante uma ou duas horas por conta própria, sob a luz da lua cheia. Nas horas vagas, os animais davam várias voltas em torno do moinho quase pronto, admirando a solidez e perpendicularidade de suas paredes, maravilhados com o fato de terem sido capazes de construir algo tão imponente. Apenas o velho Benjamin se recusava a ficar entusiasmado com o moinho, embora, como de costume, só fizesse o comentário enigmático sobre burros viverem muito.

Novembro chegou com intensos ventos do sudoeste. A construção teve de ser interrompida, porque o clima estava demasiado úmido para misturar o cimento. Para melhorar, houve uma noite em que o vendaval foi tão violento que as edificações da fazenda chacoalharam até o chão e muitas telhas foram arrancadas do teto do celeiro. As galinhas acordaram cacarejando de pavor, porque todos sonharam ter ouvido uma arma sendo disparada ao longe. Na manhã seguinte, os animais saíram de suas baias e se depararam com o mastro da bandeira derrubado e um olmo do sopé do pomar arrancado pela raiz, como um rabanete. Mal se deram conta dessa cena, um grito de desespero irrompeu da garganta de todos os bichos. Estavam diante de uma visão terrível: o moinho tinha sido destruído.

Simultaneamente, saíram correndo angustiados até o local. Napoleão, que raramente acelerava o passo, disparou na frente de todos. Sim, lá estava o fruto de todo seu trabalho completamente arruinado, as pedras que penaram para quebrar e transportar estavam espalhadas por todos os lados. Incapazes de proferir uma só palavra, no início, simplesmente assistiram perplexos àquele espetáculo de tristeza e destruição. Napoleão caminhava de um lado para o outro em silêncio, farejando de vez em quando o chão. O rabo dele estava enrijecido e sofria espasmos intermitentes, um sinal de intensa atividade mental. De repente, ele parou como se tivesse chegado a uma conclusão.

— Camaradas — disse ele, calmamente —, sabem quem foi responsável por isso? Sabem quem foi o inimigo que veio durante a noite e arrasou nosso moinho? Bola de Neve! — Ele esbravejou com uma voz que assustou todos os presentes. — Bola de Neve fez isso! Por pura maldade, querendo atrapalhar nossos planos e se vingar pela humilhação de ter sido expulso, aquele traidor entrou furtivamente em nossas terras na calada da noite e destruiu nosso trabalho de quase um ano. Camaradas, aqui e agora, declaro que Bola de Neve está condenado à morte. Será condecorado com a "Ordem do Heroísmo Animal de Segunda Classe" e receberá meio cesto de maçãs qualquer animal que o submeter à justiça. Um cesto inteiro para qualquer um que o capturar vivo!

Os animais ficaram totalmente chocados ao saber que Bola de Neve era culpado por aquele infortúnio. Pairava um clima de indignação, e todos começaram a bolar maneiras de capturar Bola de Neve, caso ele voltasse. Quase imediatamente, encontraram pegadas de porco na grama próxima ao pequeno monte de terra. Era possível acompanhá-las somente por mais alguns metros, mas pareciam levar a um buraco na cerca viva. Napoleão as farejou com uma profunda inspiração e anunciou que eram de Bola de Neve. Disse ter a nítida impressão de que Bola de Neve veio da direção da fazenda Foxwood.

— Sem mais delongas, camaradas! — exclamou Napoleão, após examinar as pegadas. — Há muita coisa a fazer. Hoje mesmo começaremos a reconstrução do moinho, e vamos todos trabalhar debaixo de frio, chuva ou sol. Vamos ensinar a esse traidor miserável que não vai arrasar nossos esforços tão facilmente. Lembrem-se, camaradas, nossos planos não devem ser alterados: vamos concluir o projeto no dia combinado. Avante, camaradas! Vida longa ao moinho! Vida longa à Fazenda dos Bichos!

CAPÍTULO 7

Foi um inverno severo. O mau tempo sempre era acompanhado de chuvas de granizo e neve, e, depois, veio uma intensa geada que não cedeu até meados de fevereiro. Os animais continuavam trabalhando na reconstrução do moinho da maneira que podiam, cientes de que o mundo externo os observava e que os invejosos seres humanos tripudiariam sobre sua desgraça, caso não terminassem o moinho a tempo.

Por puro ressentimento, os humanos fingiam não acreditar que Bola de Neve tinha destruído o moinho: diziam que a ruína ocorrera em razão das paredes serem muito finas. Os animais sabiam que esse não era o caso. Ainda assim, dessa vez decidiram construir paredes de um metro de grossura em vez de meio metro como antes, o que representou a mineração de um volume ainda maior de pedra. Durante um bom tempo, a pedreira ficou cheia de montinhos de neve e não havia nada que pudesse ser feito. Conseguiram progredir sob o clima seco e congelante que veio em seguida, mas o trabalho era extenuante, e os animais não conseguiam manter a mesma esperança de antes. Boxer e Clover eram os únicos que não entregavam os pontos. Squealer fazia excelentes discursos sobre a alegria do serviço e a nobreza do labor, mas a verdadeira inspiração dos animais vinha da força física de Boxer e de seu lema infalível: "Vou me esforçar mais!".

Em janeiro, a comida ficou escassa. A ração de milho foi drasticamente reduzida, e anunciaram que seria oferecida uma porção extra de batata para compensar. Então descobriram que a maior parte da plantação de batata tinha congelado sob a palha, cuja camada não fora espessa o suficiente. As batatas ficaram moles e descoloridas, e somente algumas estavam próprias para consumo. Durante vários dias, os animais não tiveram nada para comer além de forragem e beterrabas. Tudo indicava que a fome estava batendo à porta.

Era vital que ocultassem esse fato do mundo externo. Encorajados pelo colapso do moinho, os seres humanos inventavam mentiras novas todos os dias sobre a Fazenda dos Bichos. Uma vez mais, começou a surgir o boato de que todos os animais estavam morrendo de fome e doenças; que brigavam o tempo todo entre si; e que recorriam ao canibalismo e ao infanticídio. Napoleão tinha consciência dos péssimos resultados que poderiam ser gerados se a realidade da situação alimentar fosse disseminada, então resolveu usar o Sr. Whymper para divulgar uma impressão contrária. Até aquele momento, os bichos tiveram pouco ou nenhum contato com Whymper em suas visitas semanais: agora, porém, alguns poucos escolhidos, especialmente as ovelhas, foram instruídos a perambular perto do homem e fazer comentários casuais sobre as rações terem aumentado. Além disso,

Napoleão ordenou que as latas praticamente vazias do depósito fossem preenchidas de areia quase até a borda, cobrindo-as, em seguida, com os grãos e mantimentos restantes. Mediante algum pretexto qualquer, Whymper foi acompanhado até o depósito e deixaram que ele tivesse um rápido vislumbre das latas. Ele era enganado, e continuava relatando para o mundo externo que não havia escassez de alimentos na Fazenda dos Bichos.

Não obstante, perto do fim de janeiro, ficou mais do que claro que seria necessário obter mais grãos de algum lugar. Nesse período, Napoleão raramente aparecia em público, passando todo o tempo na sede da fazenda, cujas portas de acesso eram todas guardadas pelos cães ferozes. Quando ele saía do retiro, assim o fazia de maneira cerimonial, escoltado por seis cães que o cercavam de perto e rosnavam para qualquer um que se aproximasse. Com frequência, nem sequer aparecia nas manhãs de domingo, mas, sim, proclamava suas ordens por intermédio de um dos porcos — normalmente Squealer.

Certa manhã de domingo, Squealer anunciou que as galinhas, que tinham acabado de voltar ao celeiro para a postura, deveriam renunciar aos seus ovos. Napoleão tinha firmado um contrato, por meio de Whymper, para o fornecimento de quatrocentos ovos por semana. O valor obtido com a venda seria suficiente para comprar grãos e mantimentos que sustentariam a fazenda até a chegada do verão e melhoraria as condições.

Quando as galinhas ouviram isso, começaram a protestar com terrível veemência. As penosas já tinham sido alertadas sobre a possível necessidade desse sacrifício, mas não acreditaram que chegaria a esse ponto. Tinham acabado de arrumar suas ninhadas para o choco da primavera e protestaram que tirar os ovos delas agora seria assassinato. Pela primeira vez desde a expulsão de Jones, houve algo semelhante a uma rebelião. Lideradas por três jovens frangas de Minorca, as galinhas estavam determinadas a demover Napoleão daquela ideia. O método delas era voar até as vigas e botar seus ovos lá no alto, de onde cairiam e se espatifariam. Napoleão agiu rápida e implacavelmente. Ordenou que as rações das galinhas fossem interrompidas, e decretou que, se alguém desse um só grão de milho a uma galinha, esse animal seria punido com a morte. Os cães estavam de prontidão para levar a cabo tais ordens. Por cinco dias as galinhas resistiram, mas, então, renderam-se e retornaram para suas caixas de nidificação. Nove delas morreram nesse ínterim. Seus corpos foram enterrados no pomar, e foi divulgado que elas morreram de eimeriose. Whymper nem ficou sabendo desses eventos e, como os ovos foram entregues no prazo, uma caminhonete da mercearia passou a frequentar a fazenda uma vez por semana para recolher a mercadoria.

    Durante esse tempo todo, ninguém mais falou sobre o caso do Bola de Neve. Havia rumores de que estava escondido numa das fazendas vizinhas, ou seja, Foxwood ou Pinchfield. Napoleão, a essa altura, tinha uma relação um pouco melhor com os outros fazendeiros. Acontece que, no jardim, havia um estoque de lenha que tinha sido empilhado ali dez anos antes, quando desflorestaram um bosque de faias.

A madeira estava bem seca e ideal para uso, então Whymper aconselhou Napoleão a vendê-la; tanto o Sr. Pilkington quanto o Sr. Frederick estavam ansiosos para comprá-la. Napoleão hesitava entre os dois, pois a seguinte dúvida foi suscitada: toda vez que parecia estar chegando a um acordo com Frederick, diziam que Bola de Neve estava refugiado na Foxwood, ao passo que, quando estava mais propenso a fechar com Pilkington, chegava a notícia de que Bola de Neve estava em Pinchfield.

De repente, bem no início da primavera, veio à tona uma informação alarmante. Bola de Neve vinha frequentando secretamente a fazenda à noite! Os animais ficaram tão preocupados que mal conseguiam dormir em suas baias. Falaram que toda noite ele entrava escondido, sob o manto da escuridão, e realizava todo tipo de traquinagem que se pudesse imaginar. Roubava o milho, derrubava os baldes de leite, quebrava os ovos, pisoteava as sementeiras, roía as cascas das árvores frutíferas. Toda vez que alguma coisa de ruim acontecia, tornou-se hábito atribuí-la a Bola de Neve. Se houvesse uma janela quebrada ou um dreno entupido, alguém sempre lançava suspeitas sobre o ex-líder, dizendo que ele teria entrado na calada da noite e feito aquilo; e, quando perderam a chave do galpão de depósito, toda a fazenda ficou convencida de que Bola de Neve a jogava no fundo do poço. Curiosamente, continuaram a acreditar nessa história, mesmo após a chave extraviada ter sido encontrada embaixo de um saco de alimento. As vacas foram unânimes ao afirmar que Bola de Neve havia entrado sorrateiramente em suas baias e as ordenhado enquanto dormiam. Como os ratos praticamente não cooperaram naquele inverno, disseram que eles estavam mancomunados com Bola de Neve.

Napoleão decretou que deveria ser feita uma profunda investigação a respeito das atividades de Bola de Neve. Escoltado por seus cães de guarda, ele tomou a iniciativa de fazer uma inspeção minuciosa pelas edificações da fazenda, seguido pelos outros animais a uma distância respeitosa. De vez em quando, Napoleão fazia paradas para farejar o solo atrás de algum rastro das pegadas de Bola de Neve, as quais ele dizia ser capaz de detectar pelo cheiro. Ele farejou cada canto do celeiro, do estábulo, do galinheiro, da horta, e encontrou rastros de Bola de Neve em quase todos os lugares. Toda hora aproximava o focinho do chão, dava várias fungadas profundas e exclamava com uma voz assustadora:

— Bola de Neve! Ele esteve aqui! Posso sentir perfeitamente seu cheiro!

E toda vez que proferia as palavras "Bola de Neve", todos os cachorros emitiam rosnados horripilantes e mostravam seus dentes laterais.

Os animais estavam completamente amedrontados. Havia a sensação de que Bola de Neve era uma espécie de influência invisível, permeando o ar em torno deles, que os ameaçava de todos os perigos possíveis. No fim da tarde, Squealer convocou todos os bichos da fazenda e, com um semblante aflito, disse que tinha notícias graves para relatar.

— Camaradas! — gritou Squealer, saltitando de nervoso —, descobrimos algo terrível. Bola de Neve se vendeu para Frederick da Fazenda Pinchfield, que está nesse exato momento arquitetando um ataque contra nós para tomar a fazenda! Bola de Neve será seu guia para quando começar o ataque. Mas a coisa fica ainda pior. Achávamos que a revolta de Bola de Neve fosse motivada simplesmente por sua vaidade e ambição. Porém estávamos errados, camaradas. Sabem qual era seu verdadeiro motivo? Bola de Neve estava mancomunado com Jones desde o início! Durante todo esse tempo, ele agiu como agente infiltrado de Jones. Tudo está provado por meio de documentos que ele deixou para trás e que só descobrimos agora. Para mim, isso explica muita coisa, camaradas. Como foi que não conseguimos perceber como ele tentou (felizmente, sem sucesso) nos derrotar e destruir na Batalha do Curral?

Os animais ficaram estupefatos. Aquela era uma perversidade que em muito superava a destruição do moinho causada por Bola de Neve. Mas não demorou muito para eles ligarem os pontos. Todos lembravam, ou acreditavam lembrar, a maneira com que Bola de Neve partiu na direção deles na Batalha do Curral, como ele incitava e incentivava todos a cada passo, e como ele não parou nem por um segundo, nem mesmo quando as balas da arma de Jones feriram as costas dele. A princípio, foi um pouco difícil ver como isso se encaixava nessa teoria de ele estar do lado de Jones. Até Boxer, que raramente fazia perguntas, estava confuso. Ele deitou, dobrou as patas dianteiras enfiando os cascos embaixo do corpo, fechou os olhos e, com grande esforço, procurou formular suas ideias.

— Não acredito nisso — disse ele. — Bola de Neve lutou bravamente na Batalha do Curral. Eu vi com meus próprios olhos. E não o condecoramos com a medalha de "Honra ao Mérito Animal de Primeira Classe" logo em seguida?

— Esse foi o nosso erro, camarada. Pois só agora sabemos (e está tudo escrito nos documentos sigilosos que encontramos) que, na verdade, ele estava tentando nos ludibriar e nos levar à destruição.

— Mas ele foi ferido — disse Boxer. — Todos nós o vimos correr ensanguentado.

— Isso fazia parte do acordo! — gritou Squealer. — O tiro de Jones só pegou de raspão. Eu poderia mostrar a você como tudo está escrito na caligrafia dele, se você soubesse ler. A trama era para que Bola de Neve, no momento certo, desse o sinal para fugir e abandonar o campo para o inimigo. E ele quase conseguiu... camaradas, posso até dizer que ele TERIA conseguido, se não fosse pelo heroísmo do nosso Líder, Camarada Napoleão. Vocês não se lembram de como, bem na hora em que Jones e seus homens chegaram ao jardim, Bola de Neve de repente deu meia-volta e fugiu, e muitos animais o seguiram? E vocês também não se lembram de que foi exatamente nesse momento, quando o pânico estava se espalhando e tudo parecia perdido, que o Camarada Napoleão disparou gritando "Morte à Humanidade!" e cravou os dentes na perna de Jones? Certeza que vocês não se lembram DISSO, camaradas? — exclamou Squealer, mexendo-se de um lado para o outro.

Assim que Squealer terminou de fazer uma descrição tão detalhada dos acontecimentos, os animais pareciam lembrar-se de tudo. De todo modo, eles se lembravam de que, no momento mais crítico da batalha, Bola de Neve tinha mesmo virado e fugido. Mas Boxer ainda estava um pouco desconfiado.

— Não acredito que Bola de Neve fosse um traidor desde o início — enfim ele disse. — A direção que ele seguiu depois, aí é diferente. Mas acredito que na época da Batalha do Curral ele era um bom camarada.

— Nosso Líder, o Camarada Napoleão — proclamou Squealer, falando de forma lenta e incisiva —, afirmou categoricamente (categoricamente, camarada) que Bola de Neve era agente de Jones desde o princípio! Sim, antes mesmo de a Rebelião ser planejada.

— Ah, agora é diferente! — disse Boxer. — Se o Camarada Napoleão disse, então deve estar certo.

— Esse é o verdadeiro espírito, camarada! — gritou Squealer, embora alguns tivessem percebido que ele olhava feio para Boxer, dando piscadelas de nervoso. Virou para ir embora, mas fez uma pausa para chamar a atenção de todos para um detalhe. — Alerto todos os animais desta fazenda para que fiquem de olhos bem abertos. Temos razões para crer que alguns agentes secretos de Bola de Neve estão à espreita entre nós, neste exato momento!

Quatro dias depois, no fim da tarde, Napoleão ordenou que todos os animais comparecessem ao jardim. Quando todos estavam reunidos, Napoleão emergiu da sede da fazenda, portando suas medalhas (já que, havia pouco tempo, condecorara a si próprio com a "Honra ao Mérito de Primeira Classe" e a "Honra ao Mérito de Segunda Classe"), acompanhado de seus nove cães imensos que saltitavam à sua volta e rosnavam constantemente, deixando todos os animais arrepiados até o último pelo do corpo. Cada um deles se encolheu de medo no seu devido lugar e em absoluto silêncio, dando a impressão de já saber de antemão que algo terrível estava prestes a acontecer.

Napoleão parou diante de todos, com ar de austeridade; então emitiu um gemido muito agudo. Imediatamente, os cachorros deram um pulo para frente, agarraram quatro porcos pelas orelhas e os arrastaram, ganindo de dor e pavor, até os pés de Napoleão. As orelhas dos porcos estavam sangrando; os cães ainda sentiam o gosto de sangue na boca, então, durante alguns instantes, eles pareciam estar numa espécie de transe. Para o espanto de todos, três deles deram um pulo na direção de Boxer. Boxer, ao ver que se aproximavam, esticou sua forte pata e pegou um dos cães em pleno salto, segurando-o contra o chão. O cachorro clamava por misericórdia, e os outros dois fugiram com o rabo entre as pernas. Boxer olhou para Napoleão para saber se deveria esmagá-lo até a morte ou soltá-lo. Napoleão ficou com o semblante transtornado e rapidamente mandou Boxer libertar o cachorro, e foi prontamente obedecido. Assim que Boxer ergueu a pata, o cão saiu mancando e uivando por causa dos ferimentos.

Não demorou muito e o tumulto arrefeceu. Os quatro porcos aguardavam trêmulos, com a culpa estampada em cada linha de suas caras. Napoleão, então, chamou-os para confessarem seus crimes diante de todos. Eram os mesmos quatro porcos que protestaram quando Napoleão aboliu as assembleias dominicais. Sem que sequer lhes fosse perguntado, eles confessaram que vinham mantendo contato às escondidas com Bola de Neve desde sua expulsão, que colaboraram com ele para destruir o moinho e que firmaram um acordo para entregar a Fazenda dos Bichos ao Sr. Frederick. Acrescentaram também que Bola de Neve confidenciou que atuava como agente infiltrado de Jones há anos. Logo que terminaram a confissão, os cães dilaceraram suas gargantas. Em seguida, Napoleão, com uma voz assombrosa, exigiu que, se algum outro animal tivesse algo a confessar, assim o fizesse imediatamente.

As três galinhas que comandaram a tentativa de rebelião por causa dos ovos, naquele momento, deram alguns passos adiante e revelaram que Bola de Neve aparecera para elas num sonho e as incitara a desobedecer as ordens de Napoleão. Elas também foram massacradas. Então um ganso confidenciou ter pego escondido seis espigas de milho durante a colheita do ano anterior para comê-las à noite. Depois, uma ovelha confessou ter urinado no lago onde todos bebiam — segundo ela, instada por Bola de Neve —, e duas outras ovelhas confessaram ter assassinado um velho carneiro, devoto seguidor de Napoleão, ao persegui-lo sem parar ao redor de uma fogueira, sendo que ele estava sofrendo de tosse e falta de ar. Todos eles foram trucidados na hora. E assim continuaram as confissões e execuções, até formar-se uma pilha de cadáveres aos pés de Napoleão e o ar ficar pesado por conta do cheiro de sangue — algo que não se via desde a expulsão de Jones.

Quando acabou aquela carnificina, os animais restantes, exceto pelos porcos e cães, saíram cabisbaixos a um só tempo. Estavam todos abalados e consternados. Não sabiam o que era mais chocante: a traição dos animais que se associaram a Bola de Neve ou a cruel sentença que tinham acabado de testemunhar. Nos velhos tempos, era frequente presenciarem cenas de massacre igualmente terríveis, mas todos tiveram a sensação de que aquela foi muito pior, pois ocorreu por iniciativa de seus semelhantes. Desde a partida de Jones até aquele dia, nenhum animal tinha matado outro. Nem mesmo um rato tinha sido morto. Juntos, eles seguiram até o pequeno monte de terra onde ficava o moinho parcialmente construído, e, em total consonância, todos deitaram aconchegados uns nos outros em busca de conforto — Clover, Muriel, Benjamin, as vacas, as ovelhas e um bando inteiro de gansos e galinhas. Todos menos a gata, que desaparecera subitamente, pouco antes da convocação feita por Napoleão. Por alguns minutos, ninguém falou. Apenas Boxer permaneceu de pé. Ele andava para lá e para cá, balançando seu longo rabo preto, e, de vez em quando, soltava curtos relinchos de surpresa. Finalmente, ele disse:

— Eu não entendo. Jamais imaginei que algo assim poderia acontecer na nossa fazenda. Deve ser por alguma falha da nossa parte. Pelo que vejo, a única solução é trabalhar ainda mais duro. De hoje em diante, vou acordar uma hora mais cedo todas as manhãs.

E saiu trotando todo desengonçado até a pedreira. Quando lá chegou, coletou duas cargas seguidas de pedras e as arrastou até o moinho antes de se recolher.

Os animais continuaram aconchegados em Clover, sem falar nada. O monte de terra onde estavam deitados proporcionava uma ampla vista de toda a paisagem. A maior parte da Fazenda dos Bichos estava ao alcance deles — o longo pasto que se estendia até a estrada principal, a plantação de feno, o bosque, o lago de beber, as terras aradas onde o trigo recém-plantado estava grosso e verde, e a fumaça que saía das chaminés dos telhados vermelhos das edificações da fazenda. Era um típico fim de tarde de primavera e céu limpo. A grama e as cercas vivas estavam douradas pelos últimos raios de sol. Nunca aquela fazenda — e com certa surpresa, lembraram que cada centímetro desta fazenda pertencia a eles — pareceu-lhes um lugar tão agradável. Conforme Clover observava aquelas colinas, seus olhos se encheram de lágrimas. Se ela pudesse colocar em palavras seus pensamentos, diria que não era isso o que pretendiam quando, há anos, decidiram agir para destituir a raça humana de seu posto. Não eram essas cenas de terror e chacina que tinham em mente quando o Velho Major, naquela noite fatídica, instigara os animais a se rebelar. O futuro que ela havia imaginado era o de uma sociedade de animais livres da fome e do açoite, todos em pé de igualdade, cada um trabalhando de acordo com sua capacidade, os fortes protegendo os mais fracos, como ela mesma tinha protegido a ninhada de patinhos perdidos com sua pata dianteira na noite do discurso do Major. Em vez disso — e ela não entendia por que —, chegaram ao ponto de ninguém poder sequer ousar expressar seus pensamentos; de haver cães ferozes rosnando e vigiando todos os lugares; de serem obrigados a assistir o massacre de seus camaradas que confessaram ter cometido crimes hediondos. Ela não queria saber de rebeliões ou atos de desobediência. Estava ciente de que, mesmo diante disso, estavam numa situação muito melhor do que na época de Jones, e que, acima de tudo, era necessário evitar o retorno dos seres humanos. O que quer que acontecesse, ela continuaria sendo fiel aos ideais, trabalhando duro, cumprindo as ordens destinadas a ela e aceitando a liderança de Napoleão. No entanto, não era esse o desejo dos animais, não foi por isso que ela e todos os outros animais lutaram tanto. Não foi por esse motivo que construíram o moinho e encararam os tiros da arma de Jones. Esses eram os seus pensamentos, embora lhe faltassem palavras para expressá-los.

Enfim, sentindo que seria uma forma de substituir as palavras que buscava para se expressar, ela começou a cantar "Bestas da Inglaterra". Os outros animais se sentaram em círculo para assisti-la e cantaram juntos três vezes seguidas — muito afinados, mas devagar e com a voz embargada, de um jeito que nunca tinham cantado antes.

Assim que acabaram de cantar pela terceira vez, Squealer, cercado por dois cães, abordou-os com jeito de quem tinha algo importante a dizer. Anunciou que, mediante um decreto especial do Camarada Napoleão, "Bestas da Inglaterra" tinha sido abolida. De agora em diante, estava proibido cantá-la.

Os animais ficaram atônitos.

— Por quê? — reclamou Muriel.

— Não é mais necessário, camarada — disse Squealer, friamente. — "Bestas da Inglaterra" era a música da Rebelião. Mas a Rebelião agora está concluída. A execução dos traidores ocorrida nesta tarde foi o ato final. Os inimigos externos e internos foram derrotados. Em "Bestas da Inglaterra", expressávamos nossos anseios por um futuro em que houvesse uma sociedade melhor. Mas essa sociedade já foi estabelecida. Claramente, essa canção não serve mais ao seu propósito.

Por mais apavorados que estivessem, alguns animais teriam protestado, mas, naquele instante, as ovelhas começaram seu balido de costume "quatro patas é bom, duas patas é ruim", que se seguiu por muitos minutos e colocou um fim na discussão.

Com isso, "Bestas da Inglaterra" nunca mais foi ouvida. Em seu lugar, Minimus, o Poeta, compôs outra canção que começava assim:

Fazenda dos Bichos, Fazenda dos Bichos,
Nunca por mim sofrerá prejuízos!

E essa música era cantada todos os domingos de manhã, após o hasteamento da bandeira. Contudo, na opinião dos animais, nem a letra nem a melodia pareciam estar à altura de "Bestas da Inglaterra".

CAPÍTULO 8

Poucos dias depois, quando o terror causado pelas execuções arrefeceu, alguns animais se lembraram — ou assim pensavam — de que o Sexto Mandamento determinava que "Nenhum animal matará outro animal". E apesar de ninguém ter mencionado isso na audiência dos porcos ou dos cães, a impressão geral era de que a matança ocorrida não se alinhava com o plano inicial. Clover pediu que Benjamin lesse para ela o Sexto Mandamento, e quando Benjamin, como sempre, disse que não queria se envolver nesses assuntos, ela chamou Muriel. Muriel leu o Mandamento para ela. Assim dizia: "Nenhum animal matará outro animal SEM MOTIVO". De algum jeito inexplicável, as últimas duas palavras foram obliteradas da memória coletiva dos animais. Entretanto, agora viam que o Mandamento não tinha sido violado; claramente houve um bom motivo para matar os traidores que se associaram a Bola de Neve.

Ao longo daquele ano, os animais trabalharam mais duro ainda do que no ano anterior. Reconstruir o moinho, com paredes duas vezes mais grossas do que antes, e concluir a obra na data prevista, além do trabalho rotineiro da fazenda, exigiu de todos um esforço homérico. Em certas horas, a impressão era a de que os animais trabalhavam por mais horas e tinham uma alimentação equivalente à época de Jones. Nas manhãs de domingo, Squealer, segurando uma longa tira de papel com sua pata dianteira, enunciava listas e mais listas de cifras provando que a produção de todos os gêneros alimentícios aumentaram duzentos, trezentos ou quinhentos por cento, de acordo com o caso. Os animais não viam razão para desacreditá-lo, principalmente porque não conseguiam se lembrar ao certo de como eram as condições antes da Rebelião. Mesmo assim, havia dias em que prefeririam ver estatísticas menos impressionantes e ter mais comida.

Todas as ordens passaram a ser proferidas por meio de Squealer ou um dos outros porcos. Napoleão não era mais visto em público com tanta frequência. Quando aparecia, ele estava sempre acompanhado não só por seu séquito de cães furiosos, mas por um galo preto que marchava na frente dele e atuava como um trompetista, emitindo um alto "cocoricó" antes da fala de Napoleão. Até dentro da sede da fazenda, diziam, Napoleão habitava cômodos separados dos outros. Ele fazia suas refeições sozinho, com dois cães de guarda por perto, e sempre comia nas louças de porcelana Crown Derby que ficavam na cristaleira da sala de estar. Anunciaram também que a espingarda seria disparada todos os anos no aniversário de Napoleão, assim como nos outros dois jubileus.

Agora, ninguém mais se referia a Napoleão simplesmente como "Napoleão". Seu nome deveria ser sempre citado de maneira formal, ou seja, como "nosso

Líder, Camarada Napoleão"; e a este tratamento os porcos gostavam de acrescentar títulos, como Pai de Todos os Animais, Terror da Humanidade, Protetor do Aprisco, Defensor dos Patinhos, entre outros. Em seus discursos, Squealer falava com lágrimas escorrendo pelas bochechas sobre a sabedoria de Napoleão, a bondade em seu coração e o profundo amor que tinha por todos os animais de todos os lugares, até mesmo, e sobretudo, pelos animais infelizes que ainda viviam em ignorância e escravidão nas outras fazendas. Tornou-se hábito dizer que Napoleão era o responsável por todo sucesso alcançado e por todos os golpes de sorte. Não raro, ouviam uma galinha qualquer comentando com a outra: "Sob a batuta de Nosso Líder, Camarada Napoleão, eu pus cinco ovos em seis dias"; ou duas vacas, saciando sua sede no lago, exclamavam: "Graças à liderança do Camarada Napoleão, veja só que gosto incrível tem essa água!". O sentimento geral na fazenda foi bem explicitado num poema intitulado "Camarada Napoleão", composto por Minimus, e dizia o seguinte:

Defensor dos órfãos!
Fonte de felicidade!
Senhor dos baldes de lavagem! Ah, minh'alma arde em brasa
Quando me ponho a contemplá-lo,
Poderoso e sereno,
Como o Sol no firmamento,
Camarada Napoleão!

*Tu és o provedor
De tudo pelo que suas criaturas têm amor,
Barriga cheia duas vezes ao dia, palha limpa para se deleitar;
Todas as bestas, grandes ou pequenas,
Dormem em paz, dentro de suas baias,
Pois tu zelas por todas elas,
Camarada Napoleão!*

*Se eu viesse a ter um leitão,
Muito antes de se tornar um varrão,
Do tamanho d'um rolo de massa ou d'um garrafão,
A primeira coisa que iria aprender
Seria, diante de ti, com fidelidade e sinceridade proceder,
Sim, seu primeiro grunhido haveria de ser:
"Camarada Napoleão!"*

Napoleão aprovou esse poema e ordenou que fosse inscrito na parede do grande celeiro, do lado oposto aos Sete Mandamentos. Foi encimado por um retrato de Napoleão, de perfil, elaborado por Squealer em tinta branca.

Enquanto isso, por intermédio de Whymper, Napoleão estava envolvido em complexas negociações com Frederick e Pilkington. A pilha de madeira ainda não tinha sido vendida. Dentre os dois, Frederick era o mais ansioso para se apossar daquela mercadoria, mas não estava disposto a oferecer um preço razoável. Ao mesmo tempo, começaram a surgir novos rumores de que Frederick e seus homens estavam tramando um ataque contra a Fazenda dos Bichos e destruir o moinho, pois a construção havia provocado grande inveja nele. Ao que parecia, Bola de Neve ainda estava à espreita na Fazenda Pinchfield. Em meados do verão, os animais ficaram assustados ao saber que três galinhas se entregaram e confessaram que, incentivadas por Bola de Neve, andavam tramando o assassinato de Napoleão. Elas foram executadas imediatamente, e foram tomadas novas precauções para a segurança de Napoleão. Quatro cães vigiavam sua cama à noite, um em cada canto, e um jovem porco chamado Pinkeye recebeu a tarefa de provar todas as suas refeições antes de serem servidas, caso estivessem envenenadas.

Mais ou menos no mesmo período, foi dito que Napoleão tinha fechado a venda da pilha de madeira para o Sr. Pilkington; ele também firmou um acordo bilateral de certos produtos entre a Fazenda dos Bichos e a Foxwood. As relações entre Napoleão e Pilkington, embora exclusivamente intermediadas por Whymper, eram quase amigáveis. Os animais desconfiavam de Pilkington, já que era um ser humano, mas o preferiam imensamente a Frederick, a quem temiam e odiavam. Com o passar do verão, e o moinho perto de ser concluído, os rumores de um iminente ataque traiçoeiro foram-se intensificando. Frederick, pelo que diziam, planejava uma invasão ao lado de vinte homens armados com espingardas e já teria subornado os magistrados e policiais para que, quando se apoderasse dos títulos de propriedade da Fazenda dos Bichos, não houvesse nenhum tipo de oposição por parte deles. Além do mais, começaram a surgir histórias terríveis sobre a Pinchfield, detalhando as inúmeras crueldades que Frederick praticava contra seus animais. Falavam que ele teria açoitado um velho cavalo até a morte, deixara suas vacas morrerem de fome, matara um cachorro após jogá-lo no forno, divertira-se à noite ao colocar galos para brigar com fragmentos de lâminas de barbear presos aos esporões. Os animais sentiam o sangue fervilhar de raiva quando ouviam que essas maldades estavam sendo praticadas contra seus camaradas, e às vezes alegavam ter legitimidade para partirem juntos e atacar a Fazenda Pinchfield, expulsar os humanos e libertar os animais. Mas Squealer os aconselhava a evitar tomar atitudes impulsivas e a confiar na estratégia do Camarada Napoleão.

Não obstante, a animosidade contra Frederick só aumentava. Numa manhã de domingo, Napoleão apareceu no celeiro e explicou que jamais, nem por um instante sequer, havia cogitado vender a pilha de madeira para Frederick; segundo ele, não achava digno de sua parte fazer negócios com uma escumalha daquela espécie. Os pombos, que ainda eram enviados para disseminar as notícias da Rebelião, foram proibidos de pisar na Foxwood, e também foram ordenados a trocar seu antigo lema de "Morte à Humanidade" para "Morte a Frederick". No fim do verão, mais uma das maquinações de Bola de Neve veio à tona. A plantação de trigo estava cheia de ervas daninhas, então descobriram que, numa de suas visitas noturnas, Bola de Neve havia misturado sementes de ervas daninhas com as sementes de milho. Um ganso que tinha conhecimento da trama confessou sua culpa para Squealer e, na mesma hora, cometeu suicídio ao engolir frutos de beladona. Inesperadamente, os animais ficaram sabendo que Bola de Neve nunca

— como muitos acreditavam até então — recebera a comenda de "Honra ao Mérito Animal de Primeira Classe". Era apenas uma lenda que tinha sido difundida algum tempo depois da Batalha do Curral pelo próprio Bola de Neve. Longe de ter sido condecorado, ele recebeu, na verdade, uma moção de censura por demonstrar covardia em batalha. Mais uma vez, alguns animais ouviram aquilo com certo espanto, mas Squealer rapidamente conseguiu convencê-los de que a memória deles lhes pregara outra peça.

No outono, depois de um esforço tremendo e exaustivo — já que a colheita teve de ser feita praticamente ao mesmo tempo —, o moinho ficou pronto. O maquinário ainda precisava ser instalado, e Whymper estava negociando a compra dos insumos, mas a estrutura estava concluída. Mesmo tendo que enfrentar inúmeras dificuldades, apesar da inexperiência, dos equipamentos primitivos, da má sorte e da traição de Bola de Neve, a obra foi finalizada exatamente no dia planejado! Alquebrados, mas orgulhosos, os animais deram voltas e voltas em torno de sua obra de arte, que, aos olhos de todos, parecia ainda mais bela do que quando fora construída pela primeira vez. Ainda por cima, as paredes eram duas vezes mais grossas do que antes. Desta vez, somente explosivos seriam capazes de destruí-la! Então, só de pensar em quanto tiveram de trabalhar, nos desalentos que tiveram de superar e na enorme diferença que faria em suas vidas quando as pás estivessem girando e os dínamos funcionando — só de pensar nisso, toda a fadiga se desvaneceu e eles começaram a pular de alegria em volta do moinho, dando gritos de aclamação. O próprio Napoleão, acompanhado de seus cães e seu galo, desceu para inspecionar o trabalho concluído; parabenizou pessoalmente cada um dos animais pela conquista, e anunciou que o moinho seria chamado de Moinho Napoleão.

Dois dias depois, os animais foram convocados para uma reunião extraordinária no celeiro. Todos ficaram estupefatos quando Napoleão comunicou que vendera a pilha de madeira para Frederick. No dia seguinte, os caminhões de Frederick chegariam e começariam a fazer o transporte. Durante todo esse período de suposta amizade com Pilkington, Napoleão, na verdade, estava secretamente firmando um acordo com Frederick.

Todas as relações com a Foxwood foram cortadas; mensagens hostis foram mandadas para Pilkington. Os pombos receberam ordens para evitar a Fazenda Pinchfield e alterar o lema de "Morte a Frederick" para "Morte a Pilkington". Ao mesmo tempo, Napoleão garantiu aos animais que as histórias de um iminente ataque à Fazenda dos Bichos eram totalmente inverídicas, e que os comentários sobre a crueldade de Frederick contra seus animais foram superdimensionados. Todos aqueles boatos provavelmente vieram de Bola de Neve e seus agentes. Agora, pelo que diziam, Bola de Neve não estava se escondendo na Fazenda Pinchfield e, inclusive, nunca sequer havia pisado naquelas terras: ele estava morando — cercado de luxos, segundo relatos — na fazenda Foxwood e, na verdade, tornava-se nos últimos anos pensionista de Pilkington.

Os porcos ficaram encantados com a sagacidade de Napoleão. Em razão da aparente proximidade com Pilkington, ele forçou Frederick a elevar seu preço em doze libras. Mas a inteligência superior de Napoleão, disse Squealer, foi demonstrada pelo fato de que não confiou em ninguém, nem mesmo em Frederick. Frederick queria pagar pela madeira com uma coisa chamada "cheque", que, ao que tudo indicava, era um pedaço de papel com uma promessa de pagamento escrita nele. Mas Napoleão foi mais esperto que ele. Exigiu que o pagamento fosse realizado em notas reais de cinco libras, que seriam entregues antes da retirada da madeira. Uma vez que Frederick efetivou o pagamento, a soma foi suficiente para comprar o maquinário para o moinho.

Nesse ínterim, a madeira estava sendo carregada rapidamente. Quando terminou de ser transportada, outra reunião extraordinária foi convocada no celeiro para que os animais ajudassem a conferir as notas bancárias de Frederick. Com um sorriso beatífico e portando suas comendas, Napoleão repousou numa cama de palha sobre a plataforma, com o dinheiro ao seu lado, perfeitamente empilhado num prato de porcelana chinesa da cozinha da sede. A fila de animais passou lentamente, cada um analisando seu montinho. Boxer estendeu o focinho para dar uma cheirada nas notas de dinheiro, e aquelas coisas brancas e leves se agitaram e farfalharam com sua respiração.

Três dias depois, houve uma terrível confusão. Whymper, com o rosto pálido, seguiu a trilha a toda velocidade montado em sua bicicleta, jogou-a de qualquer jeito no jardim e entrou correndo na sede da fazenda. Minutos depois, ouviu-se um rugido entrecortado de ira vindo dos cômodos de Napoleão. A notícia do que tinha acontecido percorreu a fazenda como um rastilho de pólvora. As notas eram falsificadas! Frederick tinha levado a madeira de graça!

Napoleão convocou os animais na mesma hora e, com uma voz furiosa, declarou a sentença de morte de Frederick. Quando o capturassem, Napoleão mandou que Frederick fosse jogado vivo em água fervente. Ao mesmo tempo, avisou a todos que, após um ato de traição desses, tinham de estar preparados para o pior. Frederick e seus homens podiam realizar a qualquer tempo o tão temido ataque. Sentinelas foram posicionados em todos os acessos da fazenda. Além disso, quatro pombos foram mandados para a Foxwood em tom conciliatório, pois esperavam restabelecer boas relações com Pilkington.

O ataque chegou na manhã seguinte. Os animais estavam tomando o café da manhã, quando os vigias chegaram correndo com a notícia de que Frederick e seus capangas já tinham derrubado a porteira da fazenda. Bravamente, os animais partiram para o confronto, mas, desta vez, a vitória não foi tão fácil quanto na Batalha do Curral. Havia quinze homens dividindo meia dúzia de espingardas, e eles abriram fogo já nos primeiros quinze metros da propriedade. Os animais não estavam preparados para encarar terríveis explosões e o flagelo das armas de fogo, por isso, apesar dos incentivos de Napoleão e Boxer, logo foram forçados a recuar. Vários deles já estavam feridos. Refugiaram-se nas edificações da fazenda, espiando com muito cuidado pelas frestas e buracos nas madeiras. Praticamente toda a área de pasto, inclusive o moinho, estava nas mãos do inimigo. Naquele momento, até Napoleão parecia sem saber o que fazer. Andava de um lado para o outro sem dizer nem uma palavra, com o rabo rígido e com espasmos. Olhares melancólicos estavam voltados para a Foxwood. Se Pilkington e seus homens viessem para ajudar, ainda poderiam reverter a derrota. Porém, nesse mesmo instante, os quatro pombos, que tinham sido enviados no dia anterior, retornaram, sendo que um deles trazia um pedaço de papel com uma mensagem de Pilkington. Nela, estava escrito a lápis: "Bem feito".

Enquanto isso, Frederick e os capangas pararam perto do moinho. Os animais ainda observavam os homens, quando um sussurro de consternação tomou conta de todos. Dois dos homens levaram consigo um pé de cabra e uma marreta. Eles iam destruir o moinho.

— Impossível! — gritou Napoleão. — Construímos paredes grossas demais para serem derrubadas tão facilmente. Nem em uma semana eles seriam capazes de uma coisa dessas. Coragem, camaradas!

No entanto, Benjamin examinava atentamente os movimentos dos homens. Os dois com a marreta e o pé de cabra estavam fazendo um furo perto da base do moinho. Lentamente, quase como se estivesse entretido com a cena, Benjamin acenou com seu longo focinho.

— Foi o que pensei — disse ele. — Não conseguem ver o que eles estão fazendo? Já, já, vão encher aquele buraco de pólvora e explosivos.

Aterrorizados, os animais aguardaram. Agora seria impossível correr o risco de sair dos abrigos nas edificações. Dali alguns minutos, viram que os homens estavam correndo por todos os lados. Foi quando reverberou um estrondo ensurdecedor. Os pombos alçaram voo bem para o alto, e todos os animais, menos Napoleão, se jogaram de barriga para baixo e esconderam seus rostos. Então, assim que se levantaram novamente, uma imensa nuvem de fumaça preta pairava sobre onde havia um moinho. Pouco a pouco, a brisa dissipou a névoa. Não havia mais moinho nenhum!

Diante daquela visão, a coragem dos animais foi logo restaurada. O medo e o desespero que sentiam momentos antes foram suplantados pela cólera contra aquele ato vil e desprezível. Bradaram um forte grito de vingança e, sem ficar esperando por ordens, todos partiram juntos na direção do inimigo. Dessa vez, não deram a menor atenção para as balas que voavam sobre eles, como granizo. Foi uma batalha selvagem e implacável. Os homens atiravam sem parar e, quando os animais se aproximavam muito, desferiam golpes com seus paus e botas pesadas. Uma vaca, três ovelhas e dois gansos foram mortos, e quase todos estavam feridos. Mesmo Napoleão, que coordenava o ataque da retaguarda, teve a ponta de seu rabo arrancada por uma bala. Contudo, os homens não saíram ilesos. Três deles tiveram suas cabeças esmagadas pelos coices de Boxer; outro foi perfurado na barriga pelo chifre de uma vaca; outro teve as calças despedaçadas por Jessie e Bluebell. E quando os nove cães da guarda particular de Napoleão, que receberam instruções para desviar por trás da cerca viva, surgiram de repente pelo flanco uivando ferozmente, o pânico tomou conta dos humanos. Viram que corriam o risco de serem encurralados. Frederick gritou para os homens que fugissem enquanto ainda era possível e, sem demora, os inimigos covardes saíram correndo para proteger suas vidas. Os animais os perseguiram até a fronteira do terreno, e ainda puderam dar uns últimos safanões neles antes que conseguissem atravessar a cerca cheia de espinhos.

Eles venceram, mas estavam exauridos e ensanguentados. Lentamente, começaram a mancar de volta para a fazenda. A visão dos cadáveres de seus camaradas estendidos na grama fez alguns deles serem tomados pelas lágrimas. E por um breve instante, pararam em doloroso silêncio diante do local onde antes existia o moinho. Sim, não havia mais nada ali; praticamente todos os vestígios dos duros esforços empenhados naquela obra foram varridos da existência! Até mesmo as fundações tinham sido parcialmente destruídas. Para reconstruí-lo, agora não teriam como usar as pedras derrubadas, como fizeram da outra vez. Desta vez, até as pedras tinham desaparecido. A força da explosão jogou-as a centenas de metros do local. Era como se o moinho nunca tivesse existido.

Conforme se aproximavam da fazenda, Squealer, que inexplicavelmente estivera ausente durante a batalha, veio correndo todo serelepe até eles, abanando o rabo e radiante de satisfação. Então os animais ouviram, vindo da direção das edificações da fazenda, o estrondo solene de uma arma.

— Para que esses tiros? — disse Boxer.

— Para comemorar nossa vitória! — gritou Squealer.
— Que vitória? — perguntou Boxer.

Seus joelhos sangravam, ele tinha perdido uma ferradura e lascado um dos cascos, sem falar que mais de uma dezena de projéteis estavam alojados em sua pata traseira.

— Que vitória, camarada? Não conseguimos expulsar o inimigo de nossas terras, das terras sagradas da Fazenda dos Bichos?

— Mas eles destruíram o moinho. E trabalhamos nele durante dois anos!

— E daí? Construiremos outro moinho. Construiremos seis novos moinhos, se quisermos. Você não está valorizando, camarada, o incrível feito que alcançamos hoje. O inimigo havia ocupado o solo que estamos pisando neste momento. E agora, graças à liderança do Camarada Napoleão, reconquistamos cada centímetro de nossas terras!

— Portanto, reconquistamos aquilo que já era nosso — disse Boxer.

— Essa é a nossa vitória — completou Squealer.

Todos chegaram mancando até o jardim. As balas alojadas nos músculos da perna de Boxer doíam intensamente. Ele viu o trabalho duro que teria pela frente para reconstruir o moinho desde a fundação, e já começou a se predispor mentalmente para a tarefa. Mas, pela primeira vez, ocorreu-lhe que tinha onze anos de idade e talvez seus grandes músculos não tivessem mais a mesma resistência de antes.

Porém, quando os animais viram a bandeira verde tremulando, e ouviram novamente os disparos das armas — sete tiros ao todo — e ouviram o discurso de Napoleão, parabenizando todos por sua conduta, pareceu-lhes, no fim das contas, que eles tinham conquistado uma grande vitória. Os animais mortos em batalha receberam um funeral solene. Boxer e Clover puxaram a charrete que serviu de carro fúnebre, e o próprio Napoleão caminhou na frente da procissão. Dois dias inteiros foram dedicados às celebrações. Houve músicas, discursos e mais tiros de honra, e uma maça foi oferecida como presente especial a cada animal, com sessenta gramas de milho para cada pássaro e três biscoitos para cada cão. Anunciaram que a batalha seria chamada de Batalha do Moinho, e que Napoleão criara uma nova condecoração, a Ordem da Flâmula Verde, que ele conferiu a si próprio. Diante do júbilo generalizado, os terríveis acontecimentos relacionados às notas falsas foram esquecidos.

Somente alguns dias depois, os porcos se depararam com uma caixa de uísque na adega da sede da fazenda. Quando a casa foi ocupada pela primeira vez, aquilo passou batido. Naquela noite, veio da sede o som de uma cantoria barulhenta, durante a qual, para a surpresa de todos, misturavam alguns trechos de "Bestas da Inglaterra". Por volta de nove e meia da noite, Napoleão, usando um velho chapéu de boliche do Sr. Jones, foi claramente visto saindo pela porta dos fundos, galopando rapidamente pelo jardim e sumindo para dentro da casa novamente. Mas, na manhã seguinte, um silêncio sepulcral pairava sobre a sede. Nem um porco parecia andar pela casa. Já era quase nove da manhã quando Squealer surgiu dali de dentro, caminhando devagar e cabisbaixo, com os olhos inchados, o rabo dependurado e sem vida, e com uma aparência de que estava muito doente. Ele chamou todos os animais e disse que tinha péssimas notícias para compartilhar. O Camarada Napoleão estava morrendo!

Um choro de lamentação se espalhou pela multidão. Um pouco de palha foi colocada do lado de fora da porta da sede, e os animais caminharam na ponta dos pés. Com lágrimas nos olhos, perguntaram o que fariam se o Líder deles morresse. Começou a circular um boato de que, finalmente, Bola de Neve tinha conseguido introduzir veneno na comida de Napoleão. Às onze da manhã, Squealer saiu para fazer outro comunicado. Como seu último ato na Terra, o Camarada Napoleão havia promulgado um decreto solene: beber álcool deveria ser punido com a morte.

Contudo, no fim de tarde, Napoleão parecia um pouco melhor, e na manhã seguinte, Squealer disse aos outros que o Líder estava se recuperando depressa. À noite, Napoleão voltou ao trabalho e, no dia subsequente, souberam que ele havia instruído Whymper para comprar em Willingdon alguns livretos sobre fermentação e destilação. Uma semana mais tarde, Napoleão deu ordens para que o pequeno cercado dos cavalos atrás do pomar, que antes seria destinado como uma pastagem para animais que não tinham mais condições de trabalhar, agora deveria ser cultivado. Comunicaram que o plantio do pasto estava gasto e precisava de uma rotação de cultura; mas logo ficaram sabendo que Napoleão pretendia semear cevada.

Perto dessa época, aconteceu um estranho incidente que quase ninguém foi capaz de compreender. Certa ocasião, por volta da meia-noite, ouviu-se um estrondo vindo do jardim, então os animais saíram correndo para fora de suas baias. Era uma noite de lua cheia. Aos pés da parede, nos fundos do grande celeiro, onde encontravam-se escritos os Sete Mandamentos, havia uma escada quebrada ao meio. Squealer, temporariamente atordoado, estava esparramado ao lado dela, e perto da pata estava caída uma lanterna, um pincel e um balde derramado de tinta branca. Os cães imediatamente se dispuseram ao redor de Squealer e o escoltaram de volta à sede, assim que ele conseguiu andar novamente. Nenhum animal foi capaz de desvendar aquele mistério, exceto Benjamin, que acenou com seu focinho com um ar de compreensão e pareceu entender tudo, mas não disse nada a ninguém.

No entanto, alguns dias depois, Muriel, lendo os Sete Mandamentos para si mesma, notou que mais um deles parecia diferente daquilo de que os animais se lembravam. Eles achavam que o Quinto Mandamento era "Nenhum animal beberá álcool", mas havia duas palavras que eles tinham esquecido. Na verdade, o Mandamento dizia: "Nenhum animal beberá álcool EM EXCESSO".

CAPÍTULO 9

O casco lascado de Boxer estava cicatrizando há bastante tempo. A reconstrução do moinho tinha começado um dia após o fim das comemorações da vitória. Boxer não tirava nem sequer um dia de folga, e era questão de honra não deixar que os outros o vissem sentindo dor. À noite, ele costumava admitir em privado a Clover que o casco estava incomodando muito. Clover tratava o casco dele com emplastros medicinais preparados com ervas mastigadas, e tanto ela quanto Benjamin insistiam para que Boxer pegasse mais leve.

— Os pulmões de um cavalo não duram para sempre — ela lhe dizia.

Mas Boxer se recusava a dar ouvidos a ela. Segundo o cavalo, só lhe restava uma última ambição na vida: ver o moinho bem encaminhado antes de chegar à idade da aposentadoria.

No começo, quando as leis da Fazenda dos Bichos foram formuladas, a idade de aposentadoria tinha sido fixada em doze anos para porcos e cavalos; catorze, para vacas; nove, para cães; sete, para ovelhas; e cinco, para galinhas e gansos. Concordaram também em prover pensões liberais por idade. Até aquele momento, nenhum animal havia se aposentado com uma pensão, mas ultimamente o assunto vinha sendo discutido com maior frequência. Agora que a pequena área atrás do pomar tinha sido reservada para a cevada, havia rumores de que um canto do grande pasto seria cercado e transformado numa pastagem para animais aposentados. Para um cavalo, segundo disseram, a pensão seria de dois quilos de milho por dia e, no inverno, sete quilos de feno, com uma cenoura ou, quem sabe, uma maçã nos feriados públicos. O décimo segundo aniversário de Boxer aconteceria no fim do verão do ano seguinte.

Enquanto isso, a vida estava bem difícil. O inverno foi tão severo quanto o anterior, e a comida estava ainda mais escassa. Mais uma vez, todas as rações foram reduzidas, exceto a dos porcos e dos cães. Uma equidade rígida nas rações, explicou Squealer, seria contrária aos princípios do Animalismo. De todo modo, ele não teve dificuldade para convencer os outros animais de que, na verdade, eles NÃO estavam recebendo pouca comida, apesar das aparências. Por pouco tempo, sem dúvida, achou-se necessário fazer uma readequação das rações (Squealer sempre falava disso como uma "readequação", nunca como uma "redução"), mas, se comparado aos tempos de Jones, a melhoria foi enorme. Ao ler em voz alta as estatísticas com uma voz estridente e acelerada, ele provou minuciosamente que eles tinham mais aveia, mais feno, mais nabos do que nos tempos de Jones, que trabalhavam por menos horas, que bebiam água de melhor qualidade, que viviam mais tempo, que uma proporção maior de seus filhotes sobrevivia à infância, que eles tinham mais palha em suas baias e sofriam menos com as moscas. Os animais acreditavam em cada palavra que Squealer dizia. Verdade seja dita, Jones e tudo que ele representava não passavam de uma vaga lembrança. Só sabiam que, na atualidade, a vida era dura e escassa; frequentemente passavam fome e frio; e, em geral, quando não estavam dormindo, estavam trabalhando. No entanto, sem dúvida, era pior nos velhos tempos. Sentiam-se gratos por acreditar nisso. Além do mais, naquele tempo eram escravos, e agora, livres; isso fazia toda a diferença, como Squealer sempre ressaltava.

Agora havia muitas outras bocas para serem sustentadas. No outono, as quatro porcas tiveram suas ninhadas quase ao mesmo tempo, dando à luz trinta e um leitões. Os porquinhos eram malhados e, como Napoleão era o único varrão da fazenda, não foi difícil adivinhar a paternidade deles. Foi comunicado que posteriormente, quando os tijolos e a madeira fossem comprados, uma sala de aula seria construída no quintal da sede da fazenda. Provisoriamente, os jovens porcos seriam instruídos pelo próprio Napoleão, na cozinha da casa. Eles se exercitavam no quintal, e foram desaconselhados a brincar com os filhotes de outros animais. Também nessa mesma época, foi baixada uma norma segundo a qual quando algum animal cruzasse o caminho de um porco, o outro animal deveria dar a passagem: e também que todos os porcos, independentemente da hierarquia, teriam o privilégio de usar laços verdes em seus rabos aos domingos.

A fazenda havia tido um ano razoavelmente bem-sucedido, mas ainda tinha poucos recursos financeiros. Tijolos, areia e cal ainda precisavam ser comprados para a pequena escola, e seria necessário começar a poupar novamente para a aquisição do maquinário do moinho. Careciam também de óleo para lamparinas e velas para a casa, açúcar só para Napoleão (ele o proibiu para os outros porcos, pois ficariam muito gordos) e todos os materiais de reposição habituais, como ferramentas, pregos, cordas, carvão, arames, sucata de ferro e biscoitos caninos. Um lote de feno e parte da colheita de batatas foram vendidas, e o contrato relativo aos ovos subiu para seiscentos por semana, motivo pelo qual, naquele ano, as galinhas mal conseguiram chocar pintinhos suficientes para manter o efetivo no mesmo nível. Rações, reduzidas em dezembro, foram novamente reduzidas em fevereiro, e as lamparinas nos estábulos foram proibidas a fim de economizar o óleo. Mas os porcos pareciam bastante confortáveis e, como se não bastasse, estavam ganhando peso. Certa tarde, no fim de fevereiro, um aroma rico, acolhedor e apetitoso, do tipo que os animais jamais tinham sentido, espalhou-se por todo o pátio desde a pequena cervejaria, que fora descontinuada na época de Jones e ficava na parte de trás da cozinha. Alguém mencionou que era o cheiro de cevada sendo cozida. Os animais cheiraram o ar famintos, pensando que estava sendo preparado um mingau quentinho para a ceia. Mas nenhum mingau quentinho foi servido e, no domingo seguinte, foi comunicado que, dali em diante, toda cevada seria reservada para os porcos. O terreno além do pomar já tinha sido semeado com cevada. E logo correu a notícia de que a ração de todos os porcos passou a ser acompanhada de uma caneca de cerveja diariamente, sendo meio galão só para Napoleão, a qual lhe era servida na terrina Crown Derby. Todavia, mesmo diante de todas as privações que tinham de suportar, estas eram parcialmente compensadas pelo fato de que a vida, naquele momento, era bem mais digna do que antes. Havia mais canções, mais discursos, mais procissões. Napoleão ordenou que uma vez por semana seria organizado um evento chamado de Manifestação Espontânea, cujo objetivo era celebrar as lutas e triunfos da Fazenda dos Bichos. No horário combinado, os animais interromperiam seu trabalho e marchariam pelas dependências da fazenda em formação militar, com os porcos liderando, depois os cavalos, as vacas, as ovelhas e, por último, as aves. Os cães flanqueavam a procissão e, na frente de todos, marchava o galo preto de Napoleão. Boxer e Clover sempre carregavam entre eles uma bandeira verde marcada pelo símbolo do casco e do chifre, com a legenda "Vida longa ao Camarada Napoleão!". Depois da marcha, recitavam poemas criados em homenagem a Napoleão, depois Squealer discursava para dar mais detalhes dos recentes incrementos na produção de alimentos — de vez em quando, disparavam um tiro com a arma. As ovelhas eram as mais devotadas à Manifestação Espontânea e, se alguém se queixasse (como alguns animais às vezes o faziam, quando não havia porcos ou cães por perto) de que estavam perdendo tempo e que era difícil ficar parado no frio, as ovelhas logo silenciavam o reclamão com um tremendo balido de "quatro patas é bom, duas patas é ruim!'". Mas, em geral, os animais gostavam dessas comemorações. Sentiam-se reconfortados ao lembrar que, no fim das contas, eles eram realmente donos do próprio nariz e que o trabalho realizado era revertido para o bem deles mesmos. Tanto que, por conta das canções, procissões, estatísticas de Squealer, estrondos da arma, coroação do galo e tremular da bandeira, eram capazes de esquecer que suas barrigas estavam vazias, pelo menos em parte do tempo.

Em abril, foi proclamada a República na Fazenda dos Bichos, e tornou-se necessário eleger um presidente. Houve apenas um candidato, Napoleão, que foi eleito por unanimidade. No mesmo dia, foi revelado que novos documentos tinham sido descobertos com mais detalhes a respeito da cumplicidade de Bola de Neve com Jones. Surgiram indícios de que Bola de Neve não apenas tentara por a perder a Batalha do Curral por meio de um estratagema, como os animais imaginavam, mas declaradamente lutara em prol de Jones. Inclusive, ele tinha sido o verdadeiro líder das forças humanas, e tinha entrado na batalha com as palavras "Vida longa à humanidade!" estampadas nos lábios. As feridas nas costas de Bola de Neve, que alguns ainda lembravam ter visto, foram infligidas, na verdade, pelos dentes de Napoleão.

Na metade do verão, o corvo Moses reapareceu subitamente na fazenda, após vários anos de ausência. Continuava o mesmo, ainda não trabalhava e discorria sobre as mesmas coisas de sempre, especialmente da tal Montanha Açucarada. Empoleirava-se num toco de árvore, batia suas asas pretas e falava por horas para quem quisesse ouvir.

— Lá em cima, camaradas — dizia ele em tom solene, apontando para o céu com seu longo bico —, lá em cima, do outro lado daquela nuvem escura que vocês estão vendo, lá está a Montanha Açucarada, o feliz refúgio onde nós, pobres animais, descansaremos pela eternidade em razão de nossos esforços! A ave chegou a afirmar que estivera lá durante um de seus voos mais altos e vira os campos infindáveis de dentes-de-leão, farelos de linhaça e torrões de açúcar crescendo nas cercas vivas. Muitos animais acreditavam nele e pensavam: a vida agora é repleta de fome e trabalhos forçados; não seria justo e correto que um mundo melhor estivesse à sua espera em algum lugar? Uma coisa que não conseguiam entender era a atitude dos porcos em relação a Moses. Todos desdenhavam das histórias sobre a Montanha Açucarada, que tudo aquilo não passava de mentiras, mas, ainda assim, permitiam que ele ficasse na fazenda, sem trabalhar, recebendo um subsídio de um copo de cerveja por dia.

Após seu casco cicatrizar, Boxer voltou a trabalhar mais duro que nunca. Diga-se de passagem, todos os animais trabalharam como escravos naquele ano. Além do trabalho regular da fazenda, e da reconstrução do moinho, teve também a obra da escola para os jovens porcos, que havia começado em março. Às vezes, as longas horas sem a alimentação necessária eram difíceis de tolerar, mas Boxer nunca esmorecia. Nada que ele dizia ou fazia dava indícios de que sua força não era a mesma de outros tempos. Apenas sua aparência tinha ficado um pouco alterada; sua pelagem estava menos lustrosa do que antes, e suas grandes ancas pareciam menos musculosas. Os outros diziam: "O Boxer vai se recuperar quando a grama da primavera voltar a crescer"; mas a primavera veio e Boxer não engordou. De vez em quando, na encosta íngreme que levava ao topo da pedreira, quando ele pressionava os músculos contra o peso de alguma rocha mais pesada, parecia que nada o mantinha de pé a não ser a sua determinação. Em certos momentos, era possível ver que seus lábios formavam as palavras "eu vou me esforçar mais"; mas não tinha sobrado nem um fio de voz. Clover e Benjamin, mais uma vez, alertaram-no para que cuidasse de sua saúde, mas Boxer não lhes dava atenção. Seu décimo segundo aniversário estava chegando, mas ele não ligava para o que poderia acontecer, contanto que pudesse deixar um bom estoque de pedras antes de se aposentar.

Num dado fim de tarde, no verão, começou a correr o boato inesperado de que algo havia acontecido a Boxer. Ele tinha ido arrastar sozinho um carregamento de pedras até o moinho. Logo, o boato provou-se verdadeiro. Alguns minutos mais tarde, dois pombos chegaram ofegantes com a notícia:

— O Boxer desmaiou! Ele está caído de lado e não consegue se levantar!

Quase metade dos animais da fazenda correu até o monte de terra onde ficava o moinho. Lá estava Boxer, entre os varais da carroça, com o pescoço esticado para frente, incapaz até de erguer a cabeça. Seus olhos estavam vidrados, suas costelas cobertas de suor. Um filete de sangue escorria e pingava da boca. Clover caiu de joelhos ao lado dele.

— Boxer! — gritou ela. — Como você está?

— É meu pulmão — disse Boxer, com uma voz fraca. — Não tem problema. Acho que você vai conseguir terminar o moinho sem mim. Já tem um bom estoque de pedras acumuladas. De toda forma, eu só tinha mais um mês... Para dizer a verdade, eu estava mesmo querendo me aposentar. Quem sabe, como o Benjamin está envelhecendo também, eles não o deixem se aposentar ao mesmo tempo e servir de companhia para mim.

— Precisamos chamar ajuda agora mesmo — disse Clover. — Corra, alguém, e diga ao Squealer o que aconteceu.

Na mesma hora, todos os outros animais foram às pressas até a sede para dar a notícia ao Squealer. Apenas permaneceram Clover e Benjamin, o qual estava deitado ao lado de Boxer; sem dizer nem uma palavra, mantinha as moscas longe dele com seu longo rabo. Depois de uns quinze minutos, Squealer apareceu, todo solidário e preocupado. Ele disse que o Camarada Napoleão recebeu com grande pesar a notícia do infortúnio sofrido por um dos trabalhadores mais leais da fazenda e já estava providenciando para que Boxer fosse removido e tratado no hospital de Willingdon. Os animais ficaram um pouco apreensivos diante daquela informação. Salvo por Mollie e Bola de Neve, nenhum outro animal jamais havia saído da fazenda, e eles não gostaram da ideia de seu camarada adoecido ficar sob os cuidados de seres humanos. Contudo, Squealer facilmente os convenceu de que o cirurgião veterinário de Willingdon teria condições de oferecer a Boxer um tratamento muito superior do que o disponível na fazenda. Então, cerca de meia hora depois, assim que Boxer melhorou um pouco, colocou-se novamente de pé e conseguiu mancar de volta à sua baia, onde Clover e Benjamin já tinham preparado uma cama macia de palha para ele.

Nos dois dias subsequentes, Boxer permaneceu em sua baia. Os porcos enviaram um grande frasco de um remédio rosa que encontraram no armário de medicamentos do banheiro, e Clover o administrava a Boxer duas vezes por dia após as refeições. À noite, ela deitava na sua baia e conversava com ele, enquanto Benjamin afastava as moscas do amigo. Boxer declarava não estar arrependido pelo que tinha acontecido. Se ele conseguisse se recuperar, tinha a esperança de viver mais uns três anos, e não via a hora de curtir seus dias de descanso no canto do grande pasto. Essa seria a primeira vez que ele teria tempo para os estudos e aprimoramento de sua mente. Ele dizia que dedicaria o resto de sua vida ao aprendizado das vinte e duas letras restantes do alfabeto.

No entanto, Benjamin e Clover só podiam ficar com Boxer após o expediente de trabalho, e foi no meio do dia que a caminhonete veio buscá-lo para ser levado ao hospital. Os animais estavam trabalhando na retirada de ervas daninhas da plantação sob a supervisão de um porco, quando ficaram surpresos ao ver Benjamin galopando na direção das edificações da fazenda, zurrando o mais alto que podia. Era a primeira vez que viam Benjamin agitado — aliás, era a primeira vez que alguém o via galopando.

— Rápido, rápido! — gritou ele. — Venham logo! Estão levando o Boxer embora!

Sem esperar pelas ordens dos porcos, os animais largaram o que estavam fazendo e correram até os edifícios. Como era de se esperar, estava lá no pátio uma charrete grande fechada, tracionada por dois cavalos, com letras escritas na lateral, conduzida por um homem com sorriso malicioso usando um chapéu de perfil baixo. A baia de Boxer estava vazia.

Os animais formaram uma multidão em torno da charrete.

— Adeus, Boxer! — eles falavam juntos. — Adeus!

— Seus tolos! Tolos! — gritou Benjamin, empinando ao redor deles e batendo no chão com seus pequenos cascos. — Seus idiotas! Não estão vendo o que está escrito na lateral daquela charrete?

Os bichos ficaram hesitantes diante da fala do burro, e pairou um silêncio. Muriel começou a soletrar as palavras. Mas Benjamin empurrou-a para o lado e, enquanto todos continuaram em silêncio, ele leu:

— "Alfred Simmonds, Abatedouro de Cavalos e Fabricante de Cola, Willingdon. Comércio de Couro e Farinha de Ossos. Atendemos Canis." Não entendem o que isso significa? Estão levando o Boxer para o matadouro!

Um grito de horror irrompeu entre os animais. Naquele instante, o condutor atiçou os cavalos e a charrete foi indo embora pelo pátio num trote acelerado. Todos os animais o seguiram, gritando a plenos pulmões. Clover forçou o passo para ficar na frente e impedir o caminho. A charrete começou a acelerar ainda mais. Clover tentou trotar com suas patas curtas e robustas para atingir um meio galope.

— Boxer! — ela gritou. — Boxer! Boxer! Boxer!

E bem naquele momento, como se tivesse ouvido o tumulto do lado de fora, o rosto de Boxer, com faixas brancas amarrando seu focinho, apareceu na pequena janela na parte traseira da charrete.

— Boxer! — gritou Clover, com voz desesperada. — Boxer! Fuja! Fuja depressa! Eles estão levando você para a morte!

Os outros animais se juntaram aos gritos de "Fuja, Boxer, fuja!". Mas a charrete já estava a certa velocidade e tinha guardado uma boa distância de todos. Não tinham certeza se Boxer havia entendido o que Clover lhe dissera. Porém, segundos depois, seu rosto desapareceu da janela e deu para ouvir o estrondo dos cascos batendo pelo lado de dentro da charrete. Ele estava tentando arrebentar a porta para forçar sua saída. A força de Boxer já não era a mesma: em outros tempos, somente alguns coices teriam transformado a charrete em lascas de madeira. Mas, lamentavelmente, seus músculos o abandonaram à própria sorte; dali a alguns momentos, as batidas dos cascos foram ficando cada vez mais fracas até não haver mais nem um som. Aflitos, os animais tentaram recorrer aos dois cavalos que tracionavam a charrete para que parassem de uma vez por todas.

— Camaradas, camaradas! — eles gritaram. — Não levem seu próprio irmão para a morte!

Mas aquelas bestas estúpidas, demasiado ignorantes para perceber o que estava acontecendo, simplesmente viraram as orelhas para trás e aceleraram o ritmo. O rosto de Boxer não voltou a surgir na janela. Tarde demais, alguém pensou em correr adiante e trancar o portão da fazenda; mas não demorou muito para a charrete atravessar a porteira e rapidamente desaparecer estrada afora. Boxer nunca mais foi visto.

Três dias depois, comunicaram que ele havia morrido no hospital de Willingdon, apesar de ter recebido todos os cuidados que um cavalo poderia ter. Squealer chegou para anunciar a notícia para os outros, dizendo que esteve ao lado de Boxer em seus momentos finais.

— Foi a imagem mais comovente que já vi! — disse Squealer, erguendo a pata para enxugar uma lágrima. — Fiquei ao lado do seu leito até o último suspiro. E no fim, quase sem forças para falar, ele sussurrou no meu ouvido que a única coisa lamentável era morrer antes de ver o moinho concluído. "Avante, camaradas!", ele sussurrou. "Avante em nome da Rebelião. Vida longa à Fazenda dos Bichos! Vida longa ao Camarada Napoleão! Napoleão está sempre certo". Essas foram as suas últimas palavras, camaradas.

Então, a expressão de Squealer mudou drasticamente. Ficou em silêncio por uns instantes, começando, de repente, a lançar olhares suspeitos de um lado para o outro antes de prosseguir.

Havia chegado ao seu conhecimento, pelo que disse, um rumor tolo e maldoso que andava circulando desde a remoção de Boxer para o hospital. Alguns animais verificaram que na charrete em que Boxer foi levado estava escrito "Abatedouro de Cavalos", e imediatamente chegaram à conclusão de que Boxer estava sendo mandado para um açougueiro. Era quase inacreditável, disse Squealer, que um animal pudesse ser tão estúpido. Certamente, ele gritou indignado, abanando o rabo e saltitando de um lado para o outro, certamente eles sabiam que seu amado Líder, o Camarada Napoleão, jamais faria nada parecido. De fato, a explicação era bastante simples. A charrete pertencia ao açougueiro, porém foi comprada pelo cirurgião veterinário, que ainda não tinha apagado o nome do dono anterior. Daí surgiu tamanha confusão. Os animais ficaram imensamente aliviados ao ouvir aquilo. E quando Squealer retomou sua cantilena, dando mais detalhes sobre o leito de morte de Boxer, sobre os cuidados maravilhosos que recebeu e sobre os caros medicamentos pelos quais Napoleão havia pagado sem pensar duas vezes, as dúvidas restantes foram embora e o pesar que sentiam pela morte do camarada foi compensada pela ideia de que ao menos ele morrera feliz.

O próprio Napoleão apareceu na reunião da manhã do domingo seguinte e fez uma breve oração em homenagem a Boxer. Segundo ele, não seria possível trazer os restos mortais do saudoso camarada para enterrar na fazenda, mas ele mandou fazer uma grande coroa com os louros do jardim da sede para ser colocada na sepultura de ele. E dali a alguns dias, os porcos pretendiam organizar um banquete fúnebre em homenagem a ele. Napoleão finalizou o discurso com um lembrete das duas máximas favoritas de Boxer: "Vou me esforçar mais" e "Camarada Napoleão está sempre certo" — máximas, disse ele, que todo animal deveria adotar para si próprio.

No dia marcado para o banquete, chegou uma charrete da mercearia de Willingdon que fez a entrega de uma enorme caixa de madeira na casa principal. Durante aquela noite, espalhou-se pela fazenda o som de canções e algazarra, seguido pelo que pareceu uma briga violenta, terminando o evento, por volta das onze da noite, com um tremendo barulho de vidros estilhaçados. Não foi observada nenhuma movimentação dentro da sede até o dia seguinte, ao meio-dia, pois, segundo disseram, os porcos, sabe-se lá como, tinham conseguido dinheiro para comprar mais uma caixa de uísque.

CAPÍTULO 10

Anos e anos se passaram. À medida que as estações iam e vinham, a vida curta dos animais era consumida pelas areias do tempo. A certa altura, já não havia mais ninguém que se lembrava da época anterior à Rebelião, exceto Clover, Benjamin, o corvo Moses e muitos dos porcos. Muriel havia morrido; Bluebell, Jessie e Pincher estavam mortos. Jones também havia falecido — sucumbira internado num asilo para alcoólatras em outro canto do país. Bola de Neve foi esquecido. Boxer também foi esquecido, a não ser pelos poucos que o conheceram. Clover, agora, era uma égua velha e atarracada, com juntas rijas e olhos sempre cheios de remela. Já deveria estar aposentada há dois anos, mas, na prática, nenhum animal conseguiu esse feito. Aquela conversa de reservar um canto do pasto para animais incapacitados caiu no esquecimento. Napoleão tornara-se um varrão maduro de mais de cento e cinquenta quilos. Squealer estava tão gordo, e seus olhos tão espremidos, que ele tinha dificuldade para enxergar. Apenas Benjamin estava praticamente igual, salvo por alguns pelos grisalhos no focinho, e, desde a morte de Boxer, mais sombrio e sisudo do que nunca.

Agora a fazenda estava muito mais populosa, embora o crescimento não tivesse ocorrido como imaginado nos velhos tempos. Muitos animais haviam nascido, para os quais a Rebelião era apenas uma tradição obscura, transmitida oralmente, e outros foram comprados sem nunca terem ouvido falar dela antes. A fazenda agora possuía três cavalos além de Clover. Eram animais belíssimos e saudáveis, trabalhadores bem-dispostos e bons camaradas, mas extremamente estúpidos. Nenhum deles se mostrou capaz de aprender além da letra B. Concordavam com tudo que ouviam relacionado à Rebelião e aos princípios do Animalismo, principalmente de Clover, por quem tinham um respeito quase maternal — pouco provável, porém, que compreendessem alguma coisa do que lhes era dito.

A fazenda se tornou mais próspera e organizada: foi ampliada mediante a aquisição de mais dois campos de plantação comprados do Sr. Pilkington. A obra do moinho finalmente fora concluída com sucesso; a fazenda, agora, possuía uma máquina de debulhar e um elevador de fardos de feno, sem falar que foram construídas várias outras edificações. Whymper até comprou uma carruagem para se locomover. Não obstante, o moinho acabou não sendo utilizado para produzir energia elétrica. Foi usado para a moagem de milho, que ajudou a gerar excelentes lucros. Os animais estavam trabalhando duro na construção de mais um moinho; quando ele ficasse pronto, segundo lhes fora dito, os dínamos seriam instalados. Porém os luxos e confortos sobre os quais Bola de Neve havia ensinado os animais a sonhar — as baias com luz elétrica, os banhos de água quente e fria, a jornada laboral de três dias por semana — nunca mais foram citados. Napoleão recriminava essas ideias por considerá-las contrárias ao espírito do Animalismo. A verdadeira felicidade, dizia ele, era fruto de trabalho intenso e alimentação frugal.

Inexplicavelmente, tinha-se a impressão de que a fazenda ficava mais rica a cada dia, porém sem enriquecer os animais que nela residiam — exceto pelos porcos e cães. Talvez fosse pelo fato de haver muitos porcos e muitos cães. Sem dúvida, essas criaturas trabalhavam — à sua moda, é claro —, mas, como Squealer estava cansado de explicar, havia inúmeras tarefas a serem realizadas na área de supervisão e organização da fazenda. A maior parte dessas funções era incompreensível para os outros animais (de intelecto muito limitado). Por exemplo, Squealer disse-lhes que os porcos, todos os dias, tinham de se debruçar sobre coisas misteriosas chamadas de "arquivos", "relatórios", "minutas" e "memorandos". Eram grandes folhas de papel que precisavam ser minuciosamente cobertas por escritos, e, logo após, tinham de jogá-las no incinerador. Isso era de extrema importância para o bem-estar de todos na fazenda, dizia Squealer. Por essa razão, nem porcos nem cães produziam alimentos por meio de suas atividades propriamente ditas; e havia muitos deles, sempre com muita fome.

Quanto aos outros, suas vidas, até onde sabiam, continuavam do jeito que sempre foram. Geralmente estavam famintos, dormiam nas baias cheias de palha, bebiam água do lago, trabalhavam nas plantações; no inverno, sofriam com o frio e, no verão, com as moscas. Às vezes os mais velhos faziam de tudo para buscar em sua fraca memória se na época antes da Rebelião, quando a expulsão de Jones ainda era recente, as coisas eram melhores ou piores do que agora. Mas de nada adiantava. Não tinham com o que comparar suas vidas atuais: nada além das listas de dados de Squealer, que toda vez demonstravam como tudo estava cada vez melhor. Os animais não encontravam solução para seu problema; de toda forma, quase não havia tempo para ficar especulando. Somente o velho Benjamin dizia recordar todos os detalhes de sua longa vida e saber que as coisas nunca foram e nunca seriam muito melhores nem muito piores — fome, sacrifícios e decepção, segundo ele, faziam parte da inalterável lei universal.

Mesmo assim, os animais nunca perdiam a esperança. Mais ainda: nunca perderam, nem por um segundo, o senso de honra e privilégio por serem membros da Fazenda dos Bichos. Ainda eram a única fazenda de todo o condado — de toda a Inglaterra! — cuja propriedade e gerenciamento eram dos animais. Nenhum deles, nem mesmo os mais jovens, nem mesmo os recém-chegados que tinham sido trazidos de fazendas a trinta ou quarenta quilômetros de distância, jamais deixou de se encantar com esse fato. E quando ouviam os disparos da arma e viam a bandeira verde tremulando no alto do mastro, seus corações se enchiam de um orgulho inabalável, sempre mudando a conversa para o enaltecimento dos velhos dias de heroísmo, da expulsão de Jones, da escrita dos Sete Mandamentos, de grandes batalhas em que os invasores humanos foram derrotados. Nenhum dos sonhos antigos tinham sido abandonados. A República dos Animais que o Major havia previsto, quando os verdes campos da Inglaterra não mais seriam pisados por pés humanos, ainda era uma crença vívida entre eles. Algum dia ela se tornaria real: talvez não fosse em breve, talvez não fosse durante a vida de nenhum animal vivo atualmente, mas tudo aquilo seria realidade. Até mesmo a melodia de "Bestas da Inglaterra" era secretamente cantarolada aqui e ali: de qualquer forma, era um fato de que todos os animais da fazenda estavam cientes, embora ninguém ousasse cantá-la em voz alta. Talvez suas vidas fossem duras; talvez já não tivessem mais tantas esperanças; mas tinham consciência de que não eram como os outros animais. Se estavam famintos, não era porque tinham alimentado seres humanos tiranos; se trabalhavam muito, pelo menos trabalhavam para eles mesmos. Nenhuma criatura entre eles andava sobre duas patas. Nenhuma criatura chamava a outra de "mestre". Todos os animais eram iguais.

Certo dia, no início do verão, Squealer mandou que as ovelhas o seguissem, conduzindo-as até uma área com solo gasto no outro extremo da fazenda, que estava tomada pelo mato e jovens bétulas. As ovelhas passaram o dia todo pastando em meio às folhas sob a supervisão de Squealer. No fim do dia, ele voltou para a sede, mas, como estava muito quente, disse às ovelhas para permanecessem onde estavam. Por fim, elas lá ficaram ao longo de toda a semana, período em que nenhum outro animal teve notícias delas. Squealer ficava com elas durante a maior parte do dia. O porco disse a todos que estava lhes ensinando uma nova canção, por isso precisavam de privacidade.

Logo depois que as ovelhas retornaram, num agradável fim de tarde em que os animais tinham finalizado o trabalho do dia e estavam voltando para as construções da fazenda, todos ouviram, vindo do pátio principal, o relinchar aterrorizado de um cavalo. Atônitos, os animais pararam onde estavam. Era a voz de Clover. Ela relinchou novamente, e todos os animais saíram a galope até o pátio. Então viram o que Clover tinha visto.

Era um porco caminhando com as patas traseiras. Sim, era Squealer. Um pouco desajeitado, como se não estivesse muito acostumado a sustentar seu peso considerável naquela posição, mas, com equilíbrio perfeito, ele estava percorrendo o jardim. Momentos depois, saiu uma longa fila de porcos pela porta da sede da fazenda, todos caminhando sobre as patas traseiras. Alguns andavam melhor que outros, um ou outro ainda estava um pouco instável e parecia querer o apoio de uma bengala, mas todos conseguiram dar uma volta completa pelo pátio. Finalmente, sob o estrondo de cães uivando e do galo cacarejando, lá veio Napoleão, majestosamente em pé, olhando com arrogância de um lado para o outro, acompanhado pelos cães pulando ao seu redor.

Ele carregava um chicote em sua pata dianteira.

Pairou um silêncio sepulcral. Impressionados, aterrorizados, amontoados uns sobre os outros, os animais observaram a longa fila de porcos marchando lentamente em torno do pátio. Era como se o mundo tivesse virado de ponta-cabeça. Então, houve um momento após o primeiro choque, quando, apesar de tudo — apesar do medo dos cães e do hábito, adquirido ao longo de vários anos, de nunca reclamar, nunca criticar, independentemente de qualquer coisa —, eles ensaiaram proferir algumas palavras de protesto. Porém, exatamente naquele momento, como se tivessem recebido ordens para tal, todas as ovelhas irromperam num tremendo coro de balidos:

— Quatro patas é bom, duas patas é MELHOR! Quatro patas é bom, duas patas é MELHOR! Quatro patas é bom, duas patas é MELHOR!

Assim continuaram por cinco minutos sem parar.

E, quando as ovelhas baixaram a voz, os animais perderam a chance de manifestar qualquer reclamação, pois os porcos marcharam de volta para a sede.

Benjamin sentiu um focinho cutucar seu ombro. Ele virou a cabeça e lá estava Clover. Os olhos dela estavam mais tristes que nunca. Sem dizer nada, ela puxou gentilmente a crina dele e o levou até a parede dos fundos do grande celeiro, onde os Sete Mandamentos estavam escritos. Por um ou dois minutos, ambos contemplaram a parede negra com letras brancas.

— Minha visão está ruim — disse ela, finalmente.

— Mesmo quando eu era jovem, não conseguia ler direito o que estava escrito aí. Mas me parece que essa parede está diferente. Os Sete Mandamentos são os mesmo de antes, Benjamin?

Pela primeira vez, Benjamin consentiu em romper sua própria regra e leu em voz alta para sua amiga o que estava escrito na parede. Não havia mais nada ali, a não ser um único Mandamento. Era o seguinte:

TODOS OS ANIMAIS SÃO IGUAIS, MAS ALGUNS
ANIMAIS SÃO MAIS IGUAIS QUE OS OUTROS

Depois disso, não lhes causou estranheza que, no dia seguinte, todos os porcos que supervisionavam o trabalho da fazenda carregassem chicotes em suas patas. Não causou estranheza saber que os porcos tinham comprado rádios sem fio, estavam se preparando para instalar um telefone e tinham feito assinaturas das revistas *John Bull*, *Tit-Bits* e do jornal *Daily Mirror*. Não causou estranheza quando Napoleão foi visto caminhando pelo jardim da sede com um cachimbo na boca — e não, nem mesmo quando os porcos tiraram as roupas do Sr. Jones dos guarda-roupas e as vestiram, sendo que o próprio Napoleão apareceu com um casaco preto, calças de caçador e polainas de couro, ao passo que sua porca predileta apareceu com o vestido de seda que a Sra. Jones costumava usar aos domingos.

Uma semana mais tarde, após o meio-dia, várias carruagens chegaram à fazenda. Uma delegação de fazendeiros da vizinhança tinha sido convidada para realizar uma visita de inspeção. Eles foram ciceroneados por toda a fazenda e expressaram grande admiração por tudo o que viram, principalmente o moinho. Os animais estavam tirando as ervas daninhas da plantação de nabos. Trabalhavam de forma diligente, quase sem desgrudar o rosto do chão, sem saber se tinham mais medo dos porcos ou dos visitantes humanos.

Naquela noite, altas gargalhadas e cantorias vieram da sede da fazenda. Foi então, ao som daquela mescla de vozes, que os animais foram tomados por uma súbita curiosidade. O que estaria acontecendo lá dentro, agora que, pela primeira vez, animais e seres humanos estavam se encontrando em termos de igualdade? Todos resolveram ir devagar, do jeito mais sutil possível, até o jardim da sede.

Diante do portão eles pararam, com medo de serem avistados, mas Clover os levou até lá dentro. Andaram nas pontas das patas até a casa e, como eram animais bastante altos, espiaram pela janela da sala de jantar. Lá dentro, sentados em volta da mesa comprida, estavam meia dúzia de fazendeiros e meia dúzia dos porcos de maior hierarquia, sendo que o assento de honra na ponta da mesa era ocupado pelo próprio Napoleão. Os porcos aparentavam estar bem à vontade em suas cadeiras. O grupo estava se divertindo com um jogo de cartas, mas interromperam por um momento para, ao que parecia, fazer um brinde. Uma grande jarra estava circulando, e as canecas foram reabastecidas de cerveja. Ninguém percebeu as caras de espanto dos animais que olhavam tudo pela janela.

O Sr. Pilkington, da Foxwood, ficou de pé com a caneca na mão. Em instantes, disse ele, pediria que todos o acompanhassem num brinde. Porém, antes disso, achava que tinha a obrigação de dizer algumas palavras.

Começou falando que era uma grande satisfação para ele — e tinha certeza de que também era para todos os presentes — perceber que um longo período de rixas e desconfianças tinha, finalmente, chegado ao fim. Houve um tempo — não que ele nutrisse esses sentimentos, nem os outros presentes —, mas houve um tempo em que os respeitáveis proprietários da Fazenda dos Bichos eram vistos, não diria com hostilidade, mas, talvez, com algumas reservas, por seus vizinhos humanos. Incidentes infelizes ocorreram; equívocos foram cometidos. Pensava-se que a existência de uma fazenda comandada por porcos era, sem motivo aparente, anormal e capaz de causar inquietação na vizinhança. Muitos fazendeiros presumiram, sem o devido crivo, que numa fazenda assim prevaleceria um espírito de permissividade e indisciplina. Todos ficaram muito apreensivos quanto aos efeitos disso sobre seus próprios animais, ou mesmo sobre seus empregados humanos. Mas, agora, todas as incertezas foram dissipadas. Hoje, ele e seus amigos visitaram a Fazenda dos Bichos e inspecionaram cada centímetro daquelas terras com os próprios olhos, e o que encontraram? Não só os métodos mais modernos sendo empregados, mas também uma disciplina e organização que deveria servir de exemplo para todos os fazendeiros do mundo. Ele acreditava estar certo ao dizer que os animais inferiores da Fazenda dos Bichos trabalhavam mais e recebiam menos comida do que os outros animais do condado. Inclusive, ele e seus companheiros visitantes observaram muitos aspectos que pretendiam introduzir em suas próprias fazendas imediatamente.

    Disse ainda que concluiria suas observações salientando mais uma vez os sentimentos amistosos que existiam, e continuariam existindo, entre a Fazenda dos Bichos e seus vizinhos. Entre porcos e seres humanos não havia, e não precisava haver, nenhum tipo de conflito de interesses. Os esforços e as dificuldades que enfrentavam era um só. Os problemas de cunho laboral não eram iguais em todos os lugares? Naquele ponto, ficou evidente que o Sr. Pilkington estava prestes a fazer uma brincadeira previamente ensaiada com o grupo, mas ele parecia estar muito emocionado para tal. Após alguns engasgos, durante os quais seus vários queixos ficaram arroxeados, ele conseguiu colocar para fora:

— Se vocês têm de lidar com seus animais inferiores — disse ele —, nós temos as nossas classes inferiores!

Esse GRACEJO fez a mesa inteira cair na gargalhada; e o Sr. Pilkington parabenizou os porcos mais uma vez pelas rações limitadas, as longas horas de trabalho e a ausência generalizada de paparicos que ele observou na Fazenda dos Bichos.

Para finalizar, disse que agora pedia ao grupo que ficassem de pé e verificassem se seus copos estavam cheios.

— Senhores — concluiu o Sr. Pilkington —, senhores, ofereço um brinde: À prosperidade da Fazenda dos Bichos!

Todos começaram a aplaudir entusiasmados e a bater os pés no chão. Napoleão estava tão grato que saiu do seu lugar, deu a volta na mesa e brindou tilintando sua caneca contra a do Sr. Pilkington antes de esvaziá-la. Quando os aplausos arrefeceram, Napoleão, que permanecera de pé, anunciou que também tinha algumas palavras a dizer.

Como todos os discursos de Napoleão, foi curto e direto. Começou dizendo que ele também estava feliz que aquele período de mal-entendidos tivesse chegado ao fim. Por muito tempo, houve rumores —

ele tinha razões para crer que difundidos por algum inimigo maldoso — de que ele e seus colegas tinham uma atitude relativamente subversiva e até revolucionária. Foram acusados de tentar provocar revoltas entre os animais das fazendas vizinhas. Nada podia ser mais inverídico! Seu único desejo, agora e no passado, sempre foi viver em paz e mantendo relações comerciais regulares com seus vizinhos. Acrescentou ainda que a fazenda que ele tinha a honra de controlar era um empreendimento cooperativo. Os títulos de propriedade, que ficavam em sua posse, estavam no nome de todos os porcos.

Segundo disse, ele não acreditava que ainda restavam suspeitas sobre eles, mas certas mudanças foram feitas ultimamente na rotina da fazenda para promover ainda mais a confiança entre os parceiros. Até aquele momento, os animais da fazenda mantinham o costume antiquado de se dirigirem uns aos outros como "camarada". Isso agora seria suprimido. Havia também um costume bastante esquisito, cujas origens eram desconhecidas, de marchar todas as manhãs de domingo em frente a um crânio de porco pregado num poste do jardim. Isso, também, seria suprimido, e o crânio já tinha sido enterrado. Os visitantes também deviam saber que havia uma bandeira verde no alto de um mastro. Talvez eles já tivessem percebido que os antigos símbolos do casco e chifre brancos agora estavam eliminados. Dali para frente, seria apenas uma bandeira verde lisa.

Ele disse que tinha apenas uma crítica a ser feita em relação ao excelente discurso conciliador do Sr. Pilkington. O Sr. Pilkington, em todos os momentos, fez referência à "Fazenda dos Bichos". Obviamente, ele não tinha como saber — já que ele, Napoleão, estava fazendo esse anúncio pela primeira vez — que o nome da "Fazenda dos Bichos" seria abolido. Doravante, a fazenda ficaria conhecida como "A Fazenda Solar" — que, ele acreditava, era seu nome original e o mais correto.

— Senhores — concluiu Napoleão —, vou oferecer o mesmo brinde de antes, mas de maneira diferente. Encham seus copos até a borda. Senhores, eis o meu brinde: À prosperidade da Fazenda Solar!

Assim como antes, imperaram aplausos comovidos e canecas sendo esvaziadas até a última gota. Entretanto, enquanto os animais do lado de fora assistiam àquela cena, pareceu-lhes que algo estranho estava acontecendo. O que tinha mudado nos rostos dos porcos? Os olhos velhos e frágeis de Clover pulavam rapidamente de rosto em rosto. Alguns deles tinham cinco queixos, outros tinham quatro, outros tinham três. Mas o que será que parecia estar derretendo e se transformando? Então, após terminarem de aplaudir, cada um pegou novamente suas cartas e retomou o jogo que tinha sido interrompido, ao passo que os animais foram embora em silêncio.

Mas não tinham se afastado nem vinte metros quando pararam de forma abrupta. Vozes bastante alteradas estavam vindo de dentro da sede. Os animais voltaram correndo para ver pela janela o que estava acontecendo. Sim, havia começado uma discussão violenta repleta de gritos, pancadas sobre a mesa, olhares de desconfiança mútua, contestações furiosas. A fonte do problema parecia ser o fato de tanto

Napoleão quanto o Sr. Pilkington terem nas mãos um ás de espada.

Doze vozes bradavam cheias de raiva, e eram todas muito semelhantes. Então, encontraram a solução para o que tinha acontecido com os rostos dos porcos. Os animais do lado de fora ficaram olhando de porco para homem, de homem para porco e de porco para homem outra vez; mas agora já não era mais possível distinguir qual era qual.

© *Copyright* desta tradução: Editora Martin Claret Ltda., 2020.

Direção
MARTIN CLARET

Produção editorial
CAROLINA MARANI LIMA / MAYARA ZUCHELI

Direção de arte
JOSÉ DUARTE T. DE CASTRO

Diagramação
GIOVANA QUADROTTI

Capa e guardas
RAFAEL NOBRE

Preparação
MAYARA ZUCHELI

Revisão
CAROLINA M. LIMA / ALEXANDER B. A. SIQUEIRA

Impressão e acabamento
GRÁFICA SANTA MARTA

A ortografia deste livro segue o novo Acordo Ortográfico da Língua Portuguesa.

Dados Internacionais de Catalogação na Publicação (CIP)
(Câmara Brasileira do Livro, SP, Brasil)

Orwell, George, 1903-1950.
A fazenda dos bichos / George Orwell; tradução Leonardo Castilhone. – São Paulo: Martin Claret, 2021.

Título original: Animal farm.
ISBN: 978-65-5910-014-9.

1. Ficção inglesa I. Castilhone, Leonardo. II. Título.

20-52691   CDD-823

Índices para catálogo sistemático:

1. Ficção: Literatura inglesa: 823
Cibele Maria Dias – Bibliotecária – CRB-8/9427

EDITORA MARTIN CLARET LTDA.
Rua Alegrete, 62 – Bairro Sumaré – CEP: 01254-010 – São Paulo – SP
Tel.: (11) 3672-8144 – www.martinclaret.com.br
Impresso – 2021